詩文集

# 大河の岸の大木

佐藤美知友　伊藤恵理美
佐藤怡當　佐藤春子

コールサック社

詩文集

# 大河の岸の大木

目次

## V　エッセイ・評論　佐藤怡當《いあつ》

詩文集

# 大河の岸の大木

佐藤美知友　伊藤恵理美
佐藤怡當　佐藤春子

# Ⅰ

## 詩

佐藤美知友

# 桜

ふりあおいでも
どこか輝きを失っている花びら
並木の向こうに
いつも止ってばかりいる時計と
誰かが窓に後向きに座っている校舎

勝利の喜びもあったが
去っていった友や
真昼のコートに立つ僕を
しばしばかすめたのは
それていくボールのような想い

伸びすぎて
うつむくようになった
少しばかり影をひく夕暮れの僕
風もないのに散りかかる
無数の花びらの中

# 白い花

夜道をひとりで歩いている
練習で疲れた足が重い
遠く街灯がともっていて
闇のなかに白く浮かんでいる
名はわからないが
こぶしの花だろうか

立ちどまって眺めていると
花びらの中から
白い球が浮かんでくる
かけよる友がいて

花の中にラケットを持って
うなだれた僕の姿がある

# 夜汽車

津軽海峡を越え
海辺を走る
内地では見なかった
漁火の船団
海におりた星のように
あちらこちらに見える

僕の
隣の席に
来た人は
週末に家族のもとに
帰る人

団体で
乗り込んだ
少し前の席に
座った人は
夏休みの
過ごし方について
話している
昔は船で
今は汽車で
越える津軽海峡

町の光りも
星のよう
銀河鉄道の様に
走る汽車

# イギリス海岸

暑い昼下り
宮沢賢治が教員時代
生徒としばしば来たという
川に来た

六・七年に一度
日でりの夏に見せるという
川底は泥岩
海岸のようだ

子供を連れた夫婦

二人連れ
でこぼこの泥岩を
カメラにおさめる人
泳ぎはじめた人もいる

僕も写真を撮った
今日のこの瞬間を
残しておきたい

暑い昼下り
風はちょっぴり秋風だ
太陽も傾きかけている
夏休み最後の日

## 夕ぐれ

天が燃えている
火の海だ

天を燃やして
太陽は沈む

火の海は
やがて山際に沿う
一条の赤い川

# 蛙

蛙が鳴いている
去年までは
田んぼだった
あそこから
雨の中

冬眠を破った
ブルドーザー
そして
アパートが建った

昨年までは
田んぼで
生きてきた蛙
降る雨に蛙は鳴く

# 夜

夜の十時を過ぎて
一人いる
外は雨の音

台所の音に
緊張
じっと耳を澄ます

昼間とったキャベツの
葉を食う
虫の音

# 窓ガラスが凍っている

窓ガラスが凍っている
ほんのわずかしかない
水だと思っていたものが
いろんな模様にかわっている

花がら
木の形
川の流れ
いろんな形に凍っている

# 雪

太古の人は
雪に魂を見たという

雪は未知の地上に降りてくるのか
それとも
故郷の地上に降りてくるのか
太古の人が雪に
見たという魂は何か

今　雪が降っている
空の汚れを清めながら

降ってくる
あとからあとから降っている

この雪に願いをかけたら
たちまち消えてしまうだろうか
それとも
積もってやがて輝くだろうか

# トマト

ステキな黄色は
カラスが嫌い
という　それで
ゴミ袋は黄色になった

風水で
黄色は
運が良いという

鳥に食べられない
黄色のサクランボがある

黄色のトマトの
苗を見つけ
早速買う

畑に植える
大きな実
食べ頃の
黄色いトマト

カラスは
食べられないだろう

気楽な気持ちで
トマトを見ると
穴があいている

電線を見ると
こっちを見ている
カラスがいる

カラスさん
黄色って
嫌じゃなかった?

# 魔法の音色

リーン　リリリーン　リーン
鈴虫の音色
「きれいだ」といつも思うが
時には「なんともない」
と思うこともある

母に叱られて
いらだつ僕には
鈴虫も
いらだちおさえて
泣いているように聞こえる

リーン　リリーン　リン
僕のいらだちを
おさえてくれる
「魔法の音色だ」
鈴虫の音色は

# お母さんと先生

お母さんは
僕の字を見て
クッチャ　クッチャ
字を書いて
まるで「ガム」をかんでいるみたい
と叱った

書道の先生は
「人のことを
ひょうすることは
簡単だが

自分で書くことはむずかしい」
と言ってくれた

# 木

気づいたときは草かと思った
家の土台に接して芽を出したのだ

いつのまにか大きくなった
桐の木だ

ある日邪魔だと
母は真ん中から切った

一年経って
また伸びた

切られたあとはいたいたしいが
僕は空地に移植した
心配だった
僕は祈った
　生きよ　生きよ　木よ　桐よ

すると
不死身のように
若芽が出てきた
木には伸びる意志がある
僕はこの木にあやかりたい

# さくらがちったあと

さくらがちった
一面に広がる
ピンクのジュウタン

光を受けて
広がっている
花びらに
木の枝のかげ

## 離　陸

大阪行きの
飛行機に乗る
離　陸
胸が高鳴る

初めての
空
地上が次第に
地図になる

# 信号は青

土曜日──
一日勤務の僕は
いつものように家を出る

夜明けは
なぜか心がおどる
（冬はつとめて──枕草子）
だんだん明るくなってくる

十字路──信号停止
信号の向こうの山の稜線

雪山の山際が赤い
雲が燃えている
ふと
光の柱が三本
空に向かって伸びた
（六時四十七分）
やがて太陽が昇るだろう

太陽のいのちを迎える
光の柱
それがきょうの一日

# Ⅱ

# 詩

伊藤恵理美

# 一番列車の中で

昨日の朝と
同じではないが
新聞を広げたり
文庫本を読んだり
窓辺にもたれて眠っている様子は
まるで昨日と同じよう

朝もやの底が透き通ってくる

時折
流れ行く木々の群れや

まばらな家々は
光にぬれている
稲は　洗いたての姿で
それぞれの相手とおじぎをしあって挨拶している

知らぬ間に
ガラスをすりぬけてきた光は
眠っている人の
まぶたの昨日の重みをほぐして
また　新聞を見ている人には
事件ばかりの新聞の裏側から
明るい今日を教えている

# 心が

心が
抜け出して
夜明けの空を
クジラになって　泳いでいる

あふれ出てきた
光を
ありったけ
吸い込みながら

# 梅雨

雨の裾を引きずって
六月の上を歩いている

## だったらいいな

ネギの
乾いた一番外側の皮をはがす
出てきた
しっとりした皮

わたしも　わたしの
乾いた外側の皮をはがす
出てきた?!
しっとりした　わたし

# 救急車

サイレンが近づいてくる
サイレンの音が
ポトン　と　こぼれ落ちて
しみ込んで　広がってくる
音の色が……
交差点だ
――あの日
家に帰る途中の私を

交差点で追い越していく救急車
が
また戻って別の方向へ
さまよっている

小さくなっていく後ろのとびらの向こう
境界線につかまったまま
ずるずると
心と身体がバラバラに沈んでいく　ひと

帰ると母が
——まさお君が稲刈り機に服がはさまれて手も入って救急車で　運ばれたんだって
病院の廊下を
呻き声が　這いまわっている

医者の説明
流れて回る刃に右手が細かく切られているから
接合は無理であること
皮膚も引っぱられているから
皮膚が残っているところまで骨を切るしかないこと

おばちゃんが土をはらいあわてて拾い集めた右手
三十年経った今も
境界線に　心ごとつかまったまま

サイレンは
音の色を裏返して
私から　離れていく
記憶を　広げたまま

# 咳

散らかった雲の隙間から
月が出ている

こんこん

夜中
誰かの咳が
雲になっていく
ひとつ　またひとつ

月が　だんだん

咳の雲に隠れていく

雲が多い夜は
どこかで
こんこん
咳する人がいる

# おはよう

朝日を
口にふくみ
まだ　寝ているあなたに
口うつしを　した

# 悲しみ

すみませんが
痛み止めの薬を下さい
傷ついているかもしれませんから
化膿止めがいいです
少しむくんでるかもしれませんから
むくみがとれるのも欲しいです
涙が止まる効果もあるといいのですが
できれば　すぐ効くように顆粒のもので
えぇ
眠くなってもかまいません
麻痺するくらいのものでもいいのです

# 忘れることができるなら

# トラブルのあと

決まって行き着くところがある
雨期のアフリカ

生みおとされたばかりのシマウマになっている
その足元で
母になり死んでいるもう一頭にもなっていた

あとは　くさっていくだけの私が
ハイエナに食われている
生まれたばかりのシマウマの前で
かみつかれ

# 食いちぎられ

かたちのなくなっていくもののそばで
立ちすくんでいるシマウマは
神様がくれた　あたたかさしか知らないまま
ひとりになった
悲しみを教わらないうちに
覚えているものを反芻しながら
離れはじめたシマウマも
そして　ハイエナも
（それぞれの私が）
また繰り返していく
馴染んだところで
生まれ変わっても

# 雨

雨の中
さしてきた傘を閉じて
左右に回す

ブルブルっとする犬のように
傘を回して
雨を地球に返す

またね

# 晴れのち雨の日は

薄い青色の空を
食べながら
まっすぐに進んでいる
一匹の
ひこうき

白い糸を吐きながら
進んでいる

ひこうきは
そのうち

雲の中へ

繭の中に
もぐり込んでいくように
入っていく

吐き出した
白い糸も手繰り寄せ
雲を紡いでいく

あの
雲から雨が降ってくるのなら
絹の糸のような
細い雨が
降りてくるのだろう

地球を包むほどに
繭の中で
地球を休ませてあげるため

# みかん

海の上
こぼしたように広がっていく
朝の陽射し

こぼれた陽射しは
岸に向かって広がり
やがて

岸をのぼり
山　いっぱいの　みかんに
吸いこまれていく

# ひとしずくも残さないで

# ほし柿

ほし柿を
犬歯でひきちぎる
織田信長になったように思う

荒々しい若武者が
全国統一を夢見て
らんらんと目を輝かせる
木々の燃える息が吹きあれる中
ほし柿を食らいながら
野望に長けた若武者が
無限の可能性の中にすっくと立つ

ほし柿一個に
何百年もの流れがつまっている
もしかしたら
信長が吐きすてた柿の種が
私の口の中の
柿の種かもしれない

何百年も前に
信長がほし柿を食らったように
何百年も後に
私はほし柿を食べている

# 炊飯器

なにやら
ものものしい
白熱した話し合いが
行われている

毎日
同じ議題で

ご飯の炊き上がる途中の
炊飯器の中

いかにおいしく炊き上がるかと
湯気いっぱいになりながら
一所懸命
考えているから
今日も
おいしく炊き上がりましたね

# 新米

きらきら
笑っているから
なんだか
うれしくなって
笑っちゃった

ご飯といっしょに
笑っちゃった

# 箸の願い

手で触ってもいないのに
揚げ物の衣が
カリカリになってくるのが
わかる
箸　を　通して

箸　に　なった
木
を　通して

木であったとき

止まった小鳥の
小さな重み　とか
雨が当たった葉の
ふるえ　とか
幹に触れる　人の
ぬくもり　とか
地球に伝えていた　から

箸　に　なっても
私の手を通して
伝えたい　のだ
木であったときと
同じように
地球のために

# 白鳥

屋根の形に切り取った
雪の折り紙を
折る

一枚いちまい

ゆっくりと過ぎていく冬を
数えながら折るように
折り鶴に似た形に

春はまだ遠く

しばらくかかるかもしれないが

屋根に雪がなくなる頃
折り続けた雪の白鳥は
風に乗って
北へ舞っていく

冬を乗せて
また来年
折りたたんだ
雪の折り紙を
屋根に広げるために

## 窓を開けると

夜明け前は
おだやかな海に似ている

雀たちの声が
さざ波となって
開けた窓に
打ち寄せてくる

さざ波の上を
すうっと
かっこうや

うぐいすの声が
窓から
すべり込んでくる

きつつきかしら
木をつつく音
ポンポン船の
汽笛のよう

甲高い　ひよどりの声
勢いよく
走ってきた
ゴツンと
窓枠に当たっては
はじけ飛んで
こんこんと

湧き出てくる
朝焼けに
溶けていく

# 心を

かん　と　冷えた朝の道
つないだ手を
ぎゅっと　握ってきた子供の目は
道路向こう
犬と飼い主を　見ていた

どうしたの?

あのおとうさんがね
イヌに　おすわりって　いったの
いっかい　おすわりして
すぐ　たちあがったらね

ちゃんと　おすわり！って
また　いわれたの
イヌがね
えーっ　また？って
目をしていたよ
だって　そうだよね
どうろ　つめたいんだもの
いやだよね
あのこ　だって

飼い主のお父さんの
心を
ぎゅっと　握り返している
犬の心が
子供の心も
ぎゅっと　したのだ

# まんかい

はい！
こえ　が　きこえる
はい
はい！
だれかが　さそわれて
へんじを　している

きの　えだ　から
いっぽ
ふみだして

さくらんぼ　の　ように
なかよく

さくらのはなが
はるに
へんじ　を　しはじめた

いま
はい！
が
たくさん　きこえる

# Ⅲ

## 詩

佐藤怡當《いあつ》

# 夜中の子守歌

岩手の山あいの村は噂がこわい
――ケツタブがピクピクッとした
叔父の戦死の公報に
祖母はそう言った
ぼくが笑うと
きびしい顔で
――このことは誰ニモイウナ

ぼくはその気迫に圧倒されて
黙って考えた
南太平洋方面とは

いったいどこか
海の底まで明るくひびく
ミナミタイヘイヨウ

けれども
一九四四年
真冬の海は
暗く悲しい

その夜の祖母は
低くつぶやくように
子守唄をうたった
暗い石油ランプは
ますます暗かった
炉端で灰を掻き回し
曲がった腰を曲げたまま

うたい続けた
その子守唄
半世紀経った今も
南太平洋まで届かない

# 思い出

暗雲はすでに雨となり
戦争は激しく降り続く
日本はいたる所泥濘るみと化し
私の住む陸の孤島も
足をとられていた

国民学校に入学したばかりで
『アサヘ　アサヘ』と聞こえる
若いおんな教師の範読を笑い
『アサヒ　アサヒ』と斉読し
放課となる

馬車の通るのさえ珍しい道を歩いて
友だちの家へ行く
すると出征兵士を送る宴の
今しも終ったばかり

友だちの父なる兵士は
何事かを叫びつつ
酒の匂いの残る座敷に走り来る
と見るやたちまち
それを追う男数人

意外の思いで眺めていると
兵士は出征を拒否する言を吐きながら
胸もとに飾った勲章をむしり取って
投げ捨てた

男たちは暴れる兵士を
取りおさえているのだった

# 幼年の朝

にわとりが鳴く
障子が白ばみ
また　にわとりが鳴く
火の燃える音がする
祖母の歩く音がする

寝過ごした

節穴から光が入って
光の束はほこりを呼んで
映画の機械が

映写の幕に向かう光のようだ
家には誰もいない

# ひがん

そんなにおかしいの
——そのひとは言った
笑って笑って笑いこける
ワタシは五歳
　ジッチャンとバッチャンを
おとうさんとおかあさん
トウチャンとカアチャンが
にいさんとねえさん
そのひとがよそってくれる
朝の食事のタノシサ

十二色の色鉛筆は珍しく
学校で自慢した
オバチャンから送ってもらったのだぞ
図画紙に塗ってみたらしゃれた色
黒板に書いたら白墨のようだ
我先に寄ってくる級友

わたしが私である
証拠は記憶
忘失することのない思い出

おばちゃんが死んだ
戦死の叔父を追うように
三十七歳

あれから五十年

遺児従兄の悲願
家継がぬ私の思い
ようやくかない
一つ墓に埋葬する
一九九七年五月

## 旗

サイパン島陥落の年
山のはざまの空から
今にも小雪がちらつくような日

どきどきしながら
初めての　運動会
力いっぱい走りました
それは生きること

私より少し遅れた友だちが
一等になりました

どちらが一等か
二人は知っていましたが

次から次とゴールに着いて
順位の旗が渡されましたが
私の旗はありません

うまく訴えることのできないまま
日が暮れて
雪が降って
戦争が終って

薪を背負った像だけの
校庭に別れを告げました

働きながら

私の旗を楽しみにしていた
両親は　もういませんでした
この世には——

# 愛　情

他家で農耕をしていた
母馬の乳が張った
母は
思うように歩けない
子馬を思った
会いたい
子馬に会いたい

母馬は駆けた
4キロ向こう　子のいる家に
途中　馬の鞍が列車の突起物に引っかかり

線路づたいに引きずられ
ほうり出されるや　また走り続けた
4キロ向こう　子のいる家に
馬飼い老人がおさえると
どっと倒れて
起きあがることさえできない

呼びよせられた子馬を見て立ち上がった
ほおをすり寄せた
子馬と一緒に3キロ歩き
飼主の家に着くや
息を引きとった
という
昭和十八年七月、戦争のさ中
のことである

# 自叙伝①

ぼくの乗った汽車は青森行き
窓の外は景色が近づき去って行く
なぜだろう　とうさん
　汽車は不思議だ

車内に灯りがついて
外の景色が見えなくなった
喉が渇いた　ああ
水をください

暑い

頭が痛い
水が飲みたい
かあさん

――数分停車する
と放送があった駅で
母は水をくれた
びんを拾って汲んで来たという

生き返ったと飲む
――飲むな
父はいきなりびんを奪う
どうして　とうさん

「乗船する方はいませんか」
車掌が紙を配ってる

乗船名簿というそうだ
父はあわてて受け取った

青森駅は近いのか
連絡船はどんな船
北海道に着いたらまた汽車か
苦痛なぼくは汽車で運ばれる
　祖父母と残った兄はどうしているだろう
　残されて隠れて泣いていた兄
炭坑のある街は遠いなあ……

# 自叙伝②

北海道は海の向うだ
——津軽海峡という海だ
船に乗る
——連絡船という船
洞爺丸という
船室は船底あたり　畳の部屋だ
丸い小さな窓がある
やっと座った
海水が小窓を襲う
船は動いている

船が揺れる　大きく揺れる
父も母も黙ったままだ
――みんな初めてだから
突然　沈む　沈む　沈む船

――股間が寒い
死ぬ　と思った
その時　船が浮く　助かった
ほっとする
その時　船はまた沈む
――浮く　沈む　その繰り返し

隣の席の背広の人が
「今日はずい分揺れる
　飛行機のようだ」
と言いながらりんごを食う

ぼくの体をぐいとつかんだ
父は一言「見るな」
――どうして？　とうさん
母が握り飯をよこした
――食いたくない
――水がほしい
――頭が痛い
――かあさん

# 自叙伝③

## 北海道に着く

遠くに灯を時どき見せて
北へ北へと列車は走る
降りた記憶は全くないが
今思うとS駅で下車
S駅は支線の始発駅
目指すK駅は終着駅だった
最終列車は既に出ていた

うずたかい雪の向こうに
灯りの見える駅前旅館
——ほっとした

ご飯がまずい
のみこむことができない
ご飯とおつゆと海苔だけで
海苔を三枚食べた

# 羊水の悲しみ（あるいは母）

重波《しき》寄する海のほとり　しらしらと明けゆく
朝　酔いを悔い　湯槽につかる

目をつむれば雪の音　たちまちに母の声
春なるに雪の降る日よ
難産の果てに汝を生む

汝知るか　嫂を　汝が伯母
子を産みて肥立ちよからず
病み臥しいるを
働かぬ嫁なら要らぬ　出でて往ね

と　追いしはわが里の父　汝が祖父
その日より舅姑《ちちはは》険し
妊れば死して生まるる
汝が父引止むることのなからば
汝もあるまじ

青き窓に父の顔見ゆ　目を閉ぢしまま微笑せしが　遠く胎内にありしがごとく
羊水の悲しみが……

# 母の遺骨を

——従兄弟に代って

I

遺骨のない父の墓標を
ひっそりと包んでいる
その山奥の村へ
行きたくなった

父が戦死し
まもなく母も病死し
養子のぼくは孤児となった

炭焼きがまの煙
狭い棚田
父のふるさと
あの内地の村が
信じられない早さで
逃げて行った

やがて妻を迎えても
ふりむきもしなかった
遠いとおい村

セピア色の遥かな村の
思い出から聞こえる
父母《ちちはは》の声
じじばばの声

## II

セピア色の遥かな村へ
妻とふたりの子どもたちを
連れて行く

伯父・伯母・従兄弟夫婦と
その子どもたち
——来てよかった
と思うが
母の墓がない

父の傍に母を眠らせる
ことはできないか
——喉まで出かかることばを
飲み込みながら

父の墓に詣でて帰る

Ⅲ

満たされぬ思いのままに
時は流れる――五十年
伯母が逝き
伯父も逝き
父の傍に母を眠らせる
ことはできないか
――喉まで出かかることばを
飲み込んでいる

Ⅳ

妻も子どもも何も言わないが

私は私の病気を知っている
治らないばかりか
命さえ残り少ないことを
私は知っている

津軽海峡を渡り内地に向かう
陸の孤島のふるさとへ
母の遺骨を抱きながら
ようやく父に抱かれる
母を思うと眠れない

## 母――幻

まぼろしの正月　こまねずみ
せいろの湯気　豆腐　人を迎える

生きがいの有無など言うな
　運命　浪花節

もどつ綯《な》えば夜が明ける
春よ来い来い　春よ来い
池の鯉　厩の肥

ずがずがと雪融げる
街道《きゃど》ぬがる　ぬがる道行く幻の母

幻の母は田の中
田に堆肥　田起こし
田の畔《くろ》を塗る

降れば雨　雨降れば雨
田植　農繁期　晴れて田の神

一酸化炭素満つる部屋　蚕飼う母
頭くらくらっ　桑の葉かぶって寝る

じりじりと日の照る真夏
たばごの葉かぐ　汚れた手

お盆　序の口《くち》の草取るべ　墓掃除
あじさいの花売って来べ　何ぼでもいい

母よ　幻　幾たびもさ迷う裏山
風吹けば山なし落ちる　お前《めや》　栗拾え

稲刈りだ　脱穀だ　新しい藁で
つと作れ　納豆

麦蒔き　麦踏み　頬かぶり
北風の中　柿もぎ　皮たぐる　夜なべ

乾燥したたばごの葉　少し湿らせ　伸ばす
台所兼居間兼客間あるいは作業場を兼ねる
腰がすわすわと風吹く感じする
三つ星移り　夜更　知る

雪《ゆぎゃ》　降ったぞ　起ぎで見ろ
荒あらと透明な母　すきとおる声

# 始まりはいつ

意思はいつ始まったのだろうか
母の胎から出て来るときも
空気を初めて吸って泣いたときも
意識の外だ
それとも
忘却の河に投げ込まれて
拾いあげられたのか

泣いて　眠って
顔の筋肉が動き
手足を動かして

見つめられる幸せの
意思はあったろうか
見つめてくれる者たちを
喜ばせる意思はあったろうか

空腹ということばを知らず
空腹で泣いたのは意思というのだろうか
不快という感情はなんだろうか
汚れたお襁褓《むつ》に泣いたのは
あれは――意思だったか
孤独・寂しさということばも知らず
傍に誰もいないと知覚し
大声で泣いたのは意思か

私は私の始まりを知らない

# 秋

山に接した畠の端に
やまなしの巨木があった
両手を広げた三人が
やっと抱ける巨木であった
毎年その実が沢山なって
毎年その実が盗まれる
畠は足跡だらけに踏みつけられた

町の菓子屋は売るものがない
いとこの菓子屋にお菓子がない
このやまなしの実を売ると
持って行ったが売れたかどうか

# 農村

——豆腐？　買った方がいいじゃ
——納豆？　買った方がいいじゃ
豆つぐるより安いがら
——醤油も味噌も買ったほうがいい
　麦も売れねや
　蕎など食わねや
自給自足の歴史の糸が切れた頃
宿命で農家の後継者となった兄たちは
いちばんいい畑に牧草を蒔いた

あれから何年経ったろう

米が余る時代になるなどと予想もせずに
死んでいった祖母たちは
昔のままの格好で
畝を探すように
牧草を毟っている
（まるで牛が食ったように）
顔を腫らして
爪の間には土がぎっしり詰まっている

『ばばさん
家さ帰って来お！』
僕が呼ぶと　牛が鳴いた

ばばさんは明治五年の生まれ
学校へは三日しか行かなかった
それがばばさんの勲章で

麻糸を紡ぎ
機を織り
昔話をいくつも聞かせてくれた
（祖母たちのひとり——ぼくのばばさん）

ばばさんは七十過ぎの格好で
牧草畑を黙々と耄っている

また　牛が鳴いた

# 犠牲

Nという国では
国会議員になると
一宗教法人にすぎない神社を
国民的習慣だとか
英霊に対して尊崇の念を表わすためだとか言って参拝する習慣があるらしい
（無宗教か宗教を捨てるのか）

英霊って何かわからないので調べたら
　武器を持って敵を絶滅するまで
　攻撃を繰り返すいわゆる戦闘に参加し
死んだ人のこと

とある　だから軍隊というところにはいても
ろくな武器も持たず　弾もなく
腹がへって食う物もなく名誉の戦死をし
金鵄勲章をもらった人は英霊ではない

ただ戦地で　戦わないで死んだ人だ
銃後の守りとか言って　ろくに食うこともなく
お上に尽くし　防空頭巾を被り
爆弾を投下されて死んだ国民は
軍隊にも属さず
武器を持たず
攻撃することもなかったし
神風を信じた人も
戦争の終るのを待っていた人も
みんな英霊ではない
だから尊崇もされない

国会議員はだれも参拝してくれない
ヤスクニにいないから……当然だ

# 正義

空爆という空からの爆撃で
家が全焼し
両親も兄弟も失った
十二歳の少年は
両腕なしの全身やけど

この少年一人だけの話ではない
一発八千四百万円のミサイル約七百五十発
二百五十万円の誘導弾が一万六千発
あの一方的な攻撃で
どれだけの人が傷つき死んだのだろう

占領されたバグダッドとかいう都市で
メソポタミヤ文明とかいう文化遺産が
数万点も略奪されたとか
暴徒と化した者たちの
略奪のさまを
私はテレビで見た

兵器産業の潤う国の
国務長官とかいう人が
「これは自由の代償だ」と
言った　テレビで聞いた

# ほんね

未曽有の津波に
景勝高田松原の
七万本が流されて
たった一本だけ残る

その一本は
奇跡　希望ともてはやされる
――つらくはないか

近づくと枝が揺れ
その音は　松の声

わたしはいつもひとりでした
仲間はずれだったのです
あの三月十一日も
みんなはわたしを無視し
さあ　逃げようと
流されて行ったのでした
じっとわたしは耐えました
残りたかった――　その一念で

あなただってそうだったでしょう
授業がいのちと
ストに参加しませんでしたね
さびしかったでしょう

仲間はずれの行動は
――苦しみ　かなしみ

そんなあなたを知らない生徒たち
組織とは　個人の良心とは　を
話題にし
同僚たちとは全く逆の評価をしましたね

わたしは奇跡　希望の宣伝に
疲れてしまいました
このまま少し休みたい
しかし　休ませてはくれません
わたしの死骸を残すという
わたしの幹《からだ》を切断し
一億五〇〇〇万円もの費用をかけて
幹の中に金棒を通すとか

わたしののぞみ
わたしの幸せは奪われようとしています

近づく足音
カメラを持った人たちが来る
風がやんだ
松の声は聞こえない

初夏の海はただ光を反射するばかり

# 分類——ワタシハ

海魚《かいぎょ》——海で生れ、海で育つ魚
川魚《かわざかな》——川や湖など淡水にすむ魚
子どもは国語辞典を開いて
頭をひねっている
——同じ魚なのにね　一方は音読みで　片方訓読みなのよ　どうして?
——海はひろくて大きくて　だから偉くて音読みなのかしら
——だったら　東京の人は　偉いのね
——北上は川ね　北上川が有名だから
「すむ」って「住む」のことでしょう
ワタシ　ワカンナイ
——お父さんは　どっち?

川で生まれて海にすみ、生まれた川に帰って死ぬ鮭
海で生まれて川にすむ鰻
鮭のように集団就職して戻って来た友がいる
集団就職して都会に住みついた友もいる
鰻のように疎開したまま住みついた友もいる
疎開して　また都会へ戻って行った友もいる

――お父さんは　どっち？
子どもは私の眼をじっと見つめている

私は　たった四年だけ　東京に住んだ
鮭の仲間にもなれない
農家に生まれて　農業していない

――お父さんは　どっちでもないいんだ

――わたしもね　これから大きくなるでしょう　就職しなくちゃなんないし　結婚しなくちゃなんないし　人間でよかった
やがて　分類されてゆくことを知らない子どもは　分類されて　落ちこぼれた父を知らない
――ニンゲンヨ　ワタシハ

# 空

幼稚園を休んだ日
娘は空を見上げていた
初秋の
今日のような晴れた空

飛行機雲に
二つにされた空
区切った白線
の傷
　空の悲しみ
　傷の痛み

幼稚園を休んだ娘は
空を見上げていた
今日のような
悲しみの降る空

# Ⅳ

# 詩

佐藤春子

# 夏の夕がた

かわいそうだ
羽を切るのは
ピーコだって
未来をうたうのだから

高校を卒業した娘の
ことばに
インコのピーコを
放し飼いに
していた

むすめは
ぼういふれんどから
でんわをもらうと
いえをでた

背中が
わらっていた
九つ下の
弟は
姉を追いかけた

家の中が
しいんとなって
気がつくと
ピーコもいない

# 話したい

息子に頼む
一尾の鯛を料理して　　と
息子は
何のためらいもなく調理を始める

「君　遠くからよく来たな
ちょっと　酒を酌み交わしながら
話してみないか
お互いに腹を割って
話すためには
切らしてもらうぞ」

と、鯛に話しかけながら

鯛は右を向いたり
左を向いたり
息子に身をゆだねている
鱗をとり　三枚おろし
身は刺身に
粗は鍋の中に

皿に盛られた刺身
粗汁の香りが匂ってくる
待ち遠しい　今夜の食卓

# 朝

窓の向こうの風を見ていた
入院して今日で三日目
明日はいよいよ手術だ

昨日雪を運んできた風は
今日は手ぶらで吹いている

空に木蓮の花が咲く
ねぇ
かたわらの夫が言った
——あれは鳩だ

# 父の手紙

3月11日の大地震
停電
断水
初めてだ
本棚から本が落ちる

12日
崩れ落ちた本を片付ける
その時　出てきた
父の手紙だ
一枚の便箋に

たどたどしい　文字の文

春子
父は津波の騒ぎを
ラジオで聞いて心配している
ニュースを聞いて
あわててペンを持った
判じて読めよ

手にあまるような荷物は持つな
食糧　水
通帳　ハンコがあればいい
命あってのものだねだ

あの日（昭和43年5月16日十勝沖地震）
私は宮古湾に近い歯医者に行ったら

玄関が開いたまま　誰も居なかった
変だ　おかしい
帰って見ると
出勤しているはずの夫が居る
どうろついている
地震だ
津波がくる

# 母の命日（三月一日）

おかあさん
今日はいいお天気ですよ
お客さん　たくさん来ましたよ

いちばんうえの姉さん
豆腐をひいて持って来ましたよ
とろりとおいしい人参の白和えですよ

おかあさん
にばんめの姉さん
まんじゅう作るんですって

さんばんめの姉さんと
わたしも手伝いましたよ

おかあさん
命日に赤飯なんておかしいですか
近所に配ります
私の役目です

兄さんは
尺八を吹くんですって

# カラスへの手紙

拝啓　カラス様
雪の降る寒い元日の朝
赤いポストのある公園の入口で
あなたはじっと待っていましたね
私の体操が終わるまで

春になると詩歌の森公園で
一番高いアメリカサイカチの木に止まって
私の体操を見ていましたね
私が手を振ったのに気がついたのです
毎日毎日同じ木の上から見ていました

やがて森全体は緑一色
あなたは場所を替え
赤いポストのすぐ上の電線に止まって
わたしを待っていました
私が白つつじの葉で草笛を吹くと
励ますように何度も羽ばたいてくれました
体操に行くのかあなたに会いに行くのか

そんなある夏の日のことでした
わたしが膝関節炎で
歩行困難になってしまったのです
公園に行けなくなりました
治療のため三ヶ月も休んでしまったのです

三ヶ月振りに公園に行くと

あなたはいませんでした
いつもの場所に――
探しましたが
もう　どこにも姿は見えないのです
あなたもわたしを待ったのでしょう
ごめんなさい
再会を楽しみに
今でも公園に通っています

敬具

# 初舞台

兄が戦地から帰って来た秋
近くの神社の境内で
秋の祭りが復活した
戦争から開放された村人たちは
神社の鐘を鳴らし柏手を打つ
舞台では流行歌の種板（レコード）が
村中に響く

私は踊ることになった
姉の着物の縫い直し
髪を短く切られて泣いたっけ

化粧も着付けも終わり
舞台の袖で待たされる
胸がドキドキしている

幕があく

　野崎まいりは
　屋形船でまいろ
　どこを向いても菜の花盛り

---

終わったァ
と思った瞬間
拍手
投げ銭が舞台の
あちこちから飛んできた

# 蚊帳

空襲警報のサイレンが鳴る
農作業中の父や母が
あわてて家に戻った

裏山に避難するぞ
白い物着るな
父の叫ぶ声

どんどん裏山に入って行く
杉の木の下に蚊帳を吊り
三人は身を寄せた

Ｂ２９が何機も
頭上を飛んだ

ひんやりとした地面
羊や山羊が
しきりに鳴く
二人の姉は
まだ
学校から帰っていない

# 茸取り

土曜日の午後――
父はどんどん山に入る
私も　Sちゃんも　Cちゃんも
後から続く

三人はお友達
――今度はHちゃんの家で
　遊ぼう
――うん　いいよ
私は動揺を隠して言った

Sちゃん　Cちゃんの家みたいに
大きくないから……
かくれんぼなんかできない
お手玉もないし
マンガもない
ラジオもない
おやつもない
のないないづくし
〝どうしよう〟

家に帰って父に相談
じゃあ　山に行こう

いよいよその日
二人が来たのだ
山苺のトゲが手に刺さる

小さな川は飛び越えて
登ったかと思うと
また下りて

私はSちゃんとCちゃんの顔を
何気ないふりして見た
もう三人はくたくたになった

松の木林にやっと出た
〝松茸だ〟
そうっと両手を落ち葉にあてる
人差し指と中指で
そうっと　そうっとだよ

# 夏

アイスキャンデーの箱を自転車の荷台に
積んだおじさんが
カラン　カランと鐘を鳴らして通る

学校から帰ると
田の草取りをしていた母が
　アイスキャンデーつうものを買って
　戸棚さしまっていだがら
　　はやぐ行って食べろ
と言う

急いで帰り　戸棚をあけて見る
〝ない……？〟
何処にも見えない
左側からも右側からも
戸をあけて見るが　何も見えない

すると
小さな皿の上に割り箸が２本
横に並んでいる
皿の上でアイスキャンデーは溶けてしまい
白い２本の割り箸だけになっていた

桃色の甘い香りは
暗い戸棚の中で香りを出し続け
私を　待っていたのだ

# 学芸会

小さな窓から
うっすらと光がさし込む
屋根裏は
私の基地

学校から帰ると
まっ先によじのぼる
南京袋が二つ三つ
父の採ったぜんまいを
干してぎっしりと詰めた
その袋

## 私の友達

学芸会で選ばれなかった私は
南京袋と相談し
主役になった
キャストはわたし
スタッフ兼観客は
干したぜんまいの南京袋

# 七面鳥物語

## その一

私の家には
七面鳥をつがいで飼っていた

雌の七面鳥は
おとなしく
私を見ると離れようとしない

私が追っても後をついて来る
止まると止まる
休むと休む

背中を撫でるとしゃがむ
気持ち良さそうに
クークー　喉を鳴らす

大きい卵を産んでくれる
私の友達　七面鳥

ある日
鳥小屋に一羽だけ入れるのを忘れた
七面鳥は
庭木の枝に夜を過ごした
それを目撃した
犬か　たぬきか　きつねが襲ったのだ

裏山まで
てんてんと血の後が続き

死んでいた七面鳥

母は
目にいっぱいの涙
食いちぎられた七面鳥を
丁寧に埋めた

母の涙は
戦地の兄を思っていたのだ

## その二

雄の七面鳥は雌の二倍もある
私を見ると
いつも襲いかかって来る七面鳥
女　子供を見ると襲って来る

怒ると七色に
赤青桃色緑と
怒れば怒るほど色が変わる
頭から首にかけて色が変わる
なんでそんなに怒るのか

私に一番かかって来る
学校から帰っても
なかなか　怖くて家に入れないではないか
だから私だって
鳥小屋にいるとき水をかけたくなるんだよ

そんなある日
野菜を丸呑みし
あっけなく死んでしまった

あんなに元気で
私に向かって来た七面鳥
もう　喧嘩も出来なくなった

集落のSさんが
「埋めた場所を教えろ」と言ったが
私は
そっと　眠らせたかった

クリスマスに近い
寒い日の出来ごとだった

# 柿を食べると

干し柿を食べる
初めて作った干し柿
よその干し柿に
よだれを流《なが》した子どもの頃を
思い出し乍ら

干し柿を食べる
柿がお好きで
干し柿に白いあんの入った
お菓子を送ってほしいと言ったKさん
あなたを思い出し乍ら

Kさん
私の作ったこの干し柿は
あのお菓子より甘いです
お送りしたいのですが
今度は遠すぎます
　クロネコヤマトも
　ペリカン便も
　届けてはくれません

Kさん
あなたの友人安西均先生について
また語って下さい
あの高村祭の時と同じように
寺田弘さんのお話を聞きたいのです
ご一緒に

――この詩のどこがいいのか
　わかりますか――
と　また叱ってくれませんか

干し柿を食べる
初めて作った干し柿を食べる
作務衣に下駄履き
少し重いかばんを持って
「ベン・ベ・ロコ」の合評をしてくださった
Kさんを思い出し乍ら

注　Kさん――詩人　加藤文男氏・一九九八年七月二十七日永眠

# カサブランカ

友人からもらったカサブランカを
本棚の傍らに飾ると
やさしい匂いが部屋いっぱい広がった
宮さんからいただいたほおずきの束を
ソファーの上に飾る
宮さんに電話すると喜んで
「明日行く」という

その日は秋のこばみようのない台風が来た
今日は無理でしょうと電話すると
宮さんは

「自然にはさからいません
　必ず行きます」と

普通列車は運転見合わせ
どうしたものかと案じていると
新幹線で来られたという

私の高校時代の恩師は
宮さんの初恋の人やっちゃん
私に会うとそのやっちゃんに重なるからと

私は出来そこないのさつまいもや
七つ子みたいな瘤付きのものを見せる
畑といっても庭の片隅だが
丈七十センチぐらいの柿の木に
十二個も柿の実がなっているのを見たり

部屋に飾った打ち掛けを見たりして
宮沢賢治の詩を朗読する

二日後美しい押花の封筒で手紙が届いた
とてもとても楽しい時間でした
展覧会のような室内　そして打ち掛け
巨大なサツマイモ　不思議な柿
あの庭木のピラカンサスの見事さ
私は童話の中にいたような気がします
これはやっちゃんから私へのプレゼント
一九九一年十月十日消印

あの日のように
今日もカサブランカの花が咲いています

※宮さん＝詩人の宮静枝さん

# 花の方へ

駅　待合室の売店でのこと
話す　笑う
間のおき方
千田先生の声　そっくりだ

先生がお亡くなりになって
もう十年になる
私は振り向かないで
懐かしい声に耳をかたむける

私か市から婦人相談員の話があって

先生に相談した
先生は
「あなたに声がかかったということは
　やらなければならないことですよ」
と　おっしゃった

先生は　別用事があるようにして
職場に時々姿をみせた
　（きっと心配だったのでしょう）
私の机の傍らで
「あー　元気で頑張っているね」
そう言って励ましてくださった

翌年の春
先生の後姿がとても寂しそうだった
「どこか具合でもわるいのですか？」

と尋ねると
「俺はどこも悪くない　悪いのは口だけだ」
と　お笑いになったのだが――
しばらくして　先生の入院を知った

私が見舞ったとき
苦しそうに低い声で
子どものことばかり話された
「子ども達の詩のことよろしくたのむ
　よそに負けてはいけない」と

私は庭に咲いている
桃色のくじゃく草を持って見舞った
面会謝絶だった
病室に「どうぞ」とよび入れられた

「もう　何も話さなくなりました」
と　家族の人が言った時
先生が
静かに　目を少し開き
花の方へ
じっと　花を見ていた

その時　先生は
「・・・サ・・ト・・ウ・・・・サン・・ト・・ワ
ハナ・・・ゾノ・・ノ・・・・・ナカ・・カ・・ラ
　サ・・・ヨ・・ウ・・・・・ナ・・・・・ラ・・」

あの　先生の声
亡くなられたことが
昨日のように悲しくて
私は　振り向くことが出来なかった

売店を後にした

千田先生＝千田善八先生
毎年秋の芸術祭　子どもの詩部門では千田善八賞があります

## 追悼　重次郎先生

重次郎先生*
あちらの世界でも忙しいですか
編集室の手伝いをした
あの時のように忙しいですか

ワープロも
印刷機も　コピーも
紙折機も　製本機もある先生

あちらには
千田善八先生
照井武四郎先生

川村洋一さん
加藤文男さんが
先に行っています

白と黒の野球帽と
ベン・ベ・ロコの詩集を持って
原稿集めに忙しいのですか

じゃ　締め切り過ぎたじゃ
原稿書いたべが
出来たら　取りさ行くがら　フアハハハ

重次郎先生はこれからも
変わることなく忙しいのですか

＊小田島重次郎氏

# ピンクの桜

オカアサン？
日本のオカアサン
一緒に桜を見ませんか
陣さんから電話があった
彼女は中国からの研修生
T大学の大学院で学んでいる
花びらの散っていない桜を
一緒に見たいという

翌日新幹線で仙台駅に着く
彼女が待っていた

彼女は靱帯の手術でリハビリ中だが
歩けるようになったという
装具を付けている右膝を
そっと見せてくれた

陣さんの案内で西公園に着く
満開の桜に花見客
ここを下ると広瀬川
まっすぐ行くと
私の学んでいる大学がある
桜並木を並んで歩く彼女が言った

急に寒くなって震えていると
赤いマフラーと
手袋を貸してくれた
お陰でライトアップの時間まで

ゆっくり　桜を楽しんだ
彼女の頬がほんのり
ピンクに光っていた

# 植木パンダがニュースとなって

ひばの木で作られた動物たちが
ニュースになって
新聞で紹介された
パンダの庭だ
パンダが五匹もいる

ポーズもさまざま
いうまでもなく全身緑
作ってから十二年
動物たちも大人になって
ニュースになった

テレビ局から取材され
作った姉は聞かれている
――動機は何ですか
――娘を嫁がせて寂しかったから

急に近所の話題となって
来客があるようなった
一番先は幼稚園の子どもたち
名前をつけたいと姉がいうので
私は名付け親となった

父親らしく立っているパンダに
竜竜《ロンロン》
座っているのは母親らしい
だから紅紅《ホンホン》

何かいたずらしそうな三匹は子どもたち
大きい順に
崙崙《ルンルン》
星星《シンシン》
咪咪《ミミ》と名付けた

姉の孫の一人がすっかり喜んで
「咪咪《ミミ》」と呼ぶと
咪咪は風に揺れた

# だいこん裸婦像

うーん
これは　なかなか抜けないぞ
右に左に前後にと
手かげんしながら
揺すって抜いた

静かに現われたのは
だいこん裸婦像
少し恥ずかしそうに
陰部を両手で隠している

十数年前の八月
ある暑い日
突然空が暗くなり
たちまちにして大洪水
雹も降った

タワシでこすったような
小さな畑
たった一本
土にしがみついていた
だいこん

一枚の写真に収まって
こころ和ませてくれる
一尺ばかりのだいこん裸婦像

# 牛よ

福島原発事故
放射能物質の汚染
許された帰宅はたったの2時間
2ヵ月振りに防護服に身を包み
たった一人で

牛舎に向かう
踏み藁を揺らしながら牛を呼ぶ
　べーべーべーべべ
　　べーべべべべ　べーべべべべ
いない！

牛舎に足跡がある
時々戻って来ていたに違いない

草原で草を食べているだろうか
　べーべべべべ　べーべべべべべ
　　べーべーべべべべ

ここにもいない！
足跡がある

歩き疲れて戻って来るだろうか
牛舎を掃除し
食べるものを置く

もう
5分しか　時間がない

## 案内《おづげぇ》

じゃぁ
お先日《せんにち》はごっつおうさまでしたじぇ
あの節はごねんさまくなして
何ともありがとう申しましたじぇ

そでなむし
おれ家《え》でぇ
小《ち》やっけな娘っこけるごどにしましたもや
お互《だげ》ぇ忘れねぇように
娘の生まれだ日に酒立《さげた》でしましたもや

あだぁ　ご祝儀はぁ

ご亭主様《でさま》の生まれだ日にしましたもや
式《しぎ》はぁ　家《え》なだりの神社で
神人様《しんとさま》頼んであげるごどにしました
その通りな支度だども
みんな気つかねで来てくなんせや

やぁや
ご念の案内《おづげぇ》
何ともありがとう申します

今年のご亭主様《でさま》の生まれだ日
仏滅に当《あ》だってだども
この日にするど　ご亭主様《でさま》決めましたじぇ

＊そでなむし＝それでね

# 同級生《モロ》達《だぢ》へ案内《ふれっこど》

あんでぇ　なじょだや
顔《つら》っつぎぃ　見でぐなったがらよぉ
来て見ねぇがや
お互《だげ》ぇ　干しけねぇうぢに
一晩げぇ　遊ぶべじゃ
そえばぁ
汽車賃かげさせっともな

今ぁ　うんと早えぃ汽車
3時間とがで黒沢尻駅さ来るの
あるっつうんじゃねぇがぁ
一時《いっとぎ》ま　湯っこさ入って

一晩げぇ　語《かだ》り明がすべじゃ

2月18日ぁ
旧正月だじぇ

昼間ごろ
ほれ　12時頃
黒沢尻駅さ着ぐのあっぺぇ
一升瓶さどぶろぐっこ入れで
手拭《てぬげ》っこかふてぇ　待ってでっからよぉ
頼むじぇ
干しけねぇうぢによぉ

な！

＊あんでぇ　なじょだや＝あの……お元気ですか

# V

# エッセイ・評論

佐藤怡《い》當《あつ》

# 夏よりすでに秋はかよひ

中世の歌人でありかつ随筆家であった兼好は、その「徒然草」のなかで、四季折々の姿というものは、それぞれの季節のうちに、すでに次の季節の準備があるものだと述べている。その一五五段から表題は借りた。

この夏は、牛が月を太陽と見誤ってあえいだという、中国の故事を思い起こすほどに暑かった。しかし、花火が夜空を彩り、万個の法灯が北上川に流れて、北上市恒例の「みちのく郷土芸能祭り」が終わった。そして夏は終わった。

作家丸山健二氏が「この夏」という一文で「(この夏) 強烈な陽光の雨をはね返すだけのキラキラした生命力が(若者たちに)感じられ」なかったと述べていたが、私の生徒たちはどうだったのだろうか。あるいは秋の準備はどうだったろうか。

さて、太陽について二、三触れてみたい。宮沢賢治の詩の一句「太陽に熟した黄金の棘ができるころ」が私の心を魅了するが、ここでは触れない。スクラップしようと取り出した新聞の広告に「太陽と潮風のまつり――沖縄海洋博」があった。私にとって未知なる沖縄も訪れた人、たとえば作家永井路子氏が「われら女たち」のなかで「ここ（沖縄）には太陽の輝き、鋼の堅さを秘めた生命の回復力のようなものがあると思った」と述べ、さらに「琉舞が太陽の輝きを背負」っていると述べているのを見ると、沖縄は太陽の島であるに違いない。

太陽というと、阿部正路教授の第一歌集『太陽の舟』を思い出す。そのノートによると、太陽の舟は太陽を乗せる舟ではあるが、死者の霊をも乗せて他界への旅に赴くという。日ごとに太陽は死者の世界を照らしながら通り過ぎて行くのだという。最近読んだ村松剛氏の『死の日本文学史』にも、太陽が舟に乗って運航するという信仰に触れた個所があって心に残った。おそらくことしの春、父に残されていた、たった一人の姉である伯母と、母のたった一人の兄である伯父とを失ったからであるかもしれない。

お盆は死者の霊魂を迎える行事である。遠い祖先――一般庶民――の最大の幸福はやはり希望であった。自分の死後、自分のことを忘れずに、折り目ごとに、この世に自分が迎えてくれる子孫がいるということが希望であった。丁重な供養の果てに再び死者の国へ送るのだが、霊魂はどのようにして行くのだろうか。西洋では、カロンという鬼の操る小舟によって運ばれるという信仰があるそうである。

舟といえば「魏志倭人伝」に記された海路をたどった古代の舟「野性号」も、この夏の忘れ得ぬ出来事であるが、ここでは触れない。

祖霊を迎える祭りは、古くは八月十五夜前後に行われていたらしいが、このころ死んでゆく人々は多い。例えば「竹取物語」のかぐや姫がそれであり、秘密の愛を経験して直ちに「生霊」に取り殺された「源氏物語」の夕顔がそれである。そして一番大きな死——それは敗戦という日本の死であった。

祭りはショーと化してはならない。若者は生命力を失ってはならない。あすへの希望がなければならない。時は既に秋なのだから。

「岩手日報」昭和50（1975）年8月23日〈ばん茶せん茶〉

# 春を待つ花

「蕭々《しょうしょう》たる冬の庭を彩る椿《ツバキ》への愛着は殊のほか深いのである」という奥村土牛画伯の一文に触れて、私もまたツバキに寄せてものしたくなった。

昨年の暮れに見たテレビ番組「雪の夜のバラード」は面白かった。民話の好きな五年生の長女が見ていたので偶然見たのだが、それは働きに出かけて幾日も帰らない父の留守中、継母にいじめられ続けた娘が精魂こめて育てたのがツバキ、それは大輪の美しい花であったという話である。

長い閉ざされた冬から解放されて空が晴れ、春の日を浴びてツバキの緑のつややかな葉を雪が滑り落ちる光景を私は忘れることができない。それは三月の半ばだったろうか。敗戦の色濃い昭和二十年、国民学校一年生であった私の記憶である。

雪はたとえば〝雪女〟のような幻想の世界を生み、同時に人々を郷愁と追憶に駆り立てる不思議な力を持っている。

私には出征していく姿だけを幻のように遺して死んだ叔父がいる。叔父は父のたった一人の弟であり、父とは十歳の開きがあった。講義録（通信教育）で中学校課程を修学し、仙台へ出て通信関係を学び、北海道へ渡り就職。やがて駅助役として赴任すべく準備を整えていた矢先の出征であったという。――遠い日、囲炉裏端で聞いた話である。父は叔父の使い古しの教科書、ノート、果てはペンに至るまで大切に保存していた。とりわけ手紙やはがきなど。それなのに私はなんという愚か者だったろうか。父の文庫からその何十枚かのはがきを持ち出してはバッタ（メンコ）を作り、一枚残さずなくしてしまったのだ。あの流れるような書体がいまだにまぶたに焼き付いている。今耐えられない思いである。

その叔父が残した一冊に田山花袋の「椿」がある。布表紙、ポケット版、忠誠堂発行のもの。「春の花の中で椿の花の印象が私にはかなりに多い。で、『椿』といふ名を此輯に得ることになった」と序文を結んでいる小品集である。

私の心には年ごとにツバキを思う思いが募ってくる。それは遠く南太平洋の果てに戦死した叔父への思いであり、叔父の葬儀と叔父のはがきを持ち出した季節とツバキの季節が心の中で一つの風景となるからである。

早くツバキという地名に注意を払い、南国のツバキを北国に運んだのは女人にちがいなく、また、雪の中にツバキを見るのは心の弾む春の色だったろうと、美しい民族のロマンをうたいあげたのは柳田国男先生であった。「椿は春の木」――先生の論文である。

去る一月二十一日大寒の日、大船渡市で寒ツバキが雪の中に咲いているニュースがあった。最も寒いこの日の雪にうずくまり、雪を染める鮮紅のツバキの花。私は高浜虚子のおい池内たけしの「仰向きて椿の下を通りけり」という素直な句を思い起こしていた。ツバキは木そのものも美しい品位がある。

ツバキは私にとって春を待つ花であり、叔父を思うよすがである。


「岩手日報」昭和51（1976）年2月14日〈ばん茶せん茶〉

# 水仙月は

去る二月三日、節分の朝は本格的な降雪に見舞われ、翌四日の立春の日、県内は今冬一番の冷え込みであった。まさに厳寒期である。

先師柳田国男がその著『雪国の春』で「日本の雪国には、二つの春がある」と指摘したように、暦の上の春はまさに「まぼろしの春」なのである。

節分とは季節の分かれ目のことで春夏秋冬それぞれあるが、特に立春の前日をさすのは古く一年の境と考えられたためである。狂言によれば、この夜、蓬莱《ほうらい》島の鬼が来て女を口説くという。鬼は春来る。春を告げに来る。この鬼の跳梁する闇に向かって豆を投げながら人々は来たらんとする春を迎える心の準備をするのである。

さて、宮沢賢治の『注文の多い料理店』に収められている作品に「水仙月の四日」がある。いったい「水仙月」とは何月か。諸説のあるところでもあるが比較的整理されているのは谷川雁氏の「水仙月の四日考」である。氏は気象研究家の資料をもとに「イーハトヴで〈水仙が花ひらく月〉は、まぎれもなく太陽暦の四月である」と結論されている。

それに対して、赤沢義昭氏は『東北の作家たち』の中で『遠野物語』の世界を考慮しつつ「暦月を超えた雪中花の季節」と論断されている。

しかし、私は二月のイメージを捨てきれずにいる。水仙は冬のさなかに春を思わせる花であり、中国では旧暦の元旦を「春節」といい、北京市民は水仙の花で部屋を飾るという。季節にうまく咲かせようと育てるのだという。

安西均氏に「きさらぎふみ」という詩がある。「まうすぐ二月／水仙の月になりまして／雪が雪らしう降るころには」とうたう。「水仙の月」を二月とされた根拠は賢治のそれではなく、氏利用の「卓上日記」に、きさらぎなどと並んで書かれていたという。つまり二月の異名の一つである。

雪童子が昼間の見えない星に向かって「カシオピイア／もう水仙が咲き出すぞ／おまへのガラスの水車／きっきとまはせ」とさけぶ。これを谷川氏のように「春を招く祝詞」とするならなおさら「二月」でなければなるまい。二月は旧正月の月であり、立春の月である。「降らすんだよ。降らすんだよ。さあ、ひゅう。今日は水仙月の四日だよ。ひゅう、ひゅう、ひゅう、ひゅうひゅう」と髪ふりみだす雪婆んごは春を告げる鬼ではないか。

完璧なまでに描かれている雪の世界に雪婆んご、鬼、節分、旧正、水仙、二月の異名とつながれば水仙月はやはり二月であろう。

# 「さつき」考

近所の苗代は青々としている。五月は田植えの大切な月である。この五月、というよりは陰暦五月の異名だが、なぜ「サツキ」というのだろうか。そればかりではない。「サナエ」「サオトメ」「サミダレ」「サナブリ」「サオリ」など一連の「サ」について考えてみることにしよう。

辞書には、「サ」は「サナエ」だというのと「田植え」だと説明しているものとがある。『ことばの手帖』の著者井之口章次氏は「サ」は「発芽した苗のことであり、芽ザスなどのサスの語根」であり、「サスとタツとは音通で、種をサネなどという例もあるから少なくとも語の意味からいえば、サオリは田降り、サナブリは田昇り、サオトメは田乙女ということ」だと述べている。さらに氏は「植物の生命力のあらわれるのがタツで、五月はそういう月」と述べている。また折口信夫博士の高弟高崎正秀博士は「サは穀神（さがみ）のこと」だと述べている。

県南の方言に「オサナオシ」という語がある。田の区画を改めること。「オサ」は「田」のことである。つまり（海の神霊）を意味した「わたつみ」が後に「海」を意味したと同じように「サ」は古くは「田の神」を意味し、次第に神が忘れられ「田」を意味するようになったのではなかろうか。もしそうだとすれば「サツキ」は「田の神の月」、「サナエ」は「田の神の苗」、「サオトメ」は「田の神に仕える女性」であり、同時に「田植えをする女性」である。また「サミダレ」は「サ水垂れ」、つまり「田植え時に降る雨」、「サナブリ」は「サノボリ（サ昇り）」で「田の神が天上に帰る日」、「サオリ」はその反対で田の神の降臨であると言える。その他、しろかきのとき馬のかじざおをとる人――近ごろは見かけないが――を「サセトリ」というのも同様である。

中学生のころ室根山の頂上近くで友人とキャンプしたことがある。室根神社から少し下がった場所に方形の区域があり、その中央にクレを踏みかためた方形の壇が二つ並んでいた。それを「田植えの壇」というのだと友人が教えてくれた。なぜそう呼ぶのか不思議に思ったが、それ以上尋ねることもしなかった。今思うにそれは苗を神聖視する儀礼の場所だったのである。

よく引用されるのだが、近松の「女殺油地獄」に「五月五日の一夜さを女の家というぞかし」というくだりがある。田の神に奉仕する女性、いわゆる「サオトメ」は処女でなければならなかった。処女でない女性は忌みごもり男女の交わりを慎み心身を清め、その資格を得た。これは民俗学の伝えるところである。こうして遠来の神――としての資格を持つ村の青年――を迎えた。その田祭りの表示がヨモギやショウブであり、それが五月五日の節供だったと解釈するのも民俗学である。つまり、この時はその家の男たちは家をあけなければならなかったのである。

古語に「ながめ」がある。「長雨」であると同時に男女の交わりを断っているために生ずる心的状況であるとされている。それはぼんやりと物思いに沈んでいる状態なのである。ともあれ、わが国は米がなければ神を祭ることができない民族であり、稲のみのりに生活のすべてをかける農民にとっては田植えは何より大事な作業である。

農村は今や危機に陥っている。過疎化現象が進む一方であり、出かせぎはごく普通のこととなり、さらに減反が奨励される。政治米価と呼ばれる米価が、ようやくにして決定したとはいうものの、農民のあしたは暗い。さつきやみのように。

「岩手日報」昭和46（1971）年5月13日〈ばん茶せん茶〉

# 「修羅」考

この春の訪れはやはり遅かった。ういういしい春の伊豆半島から帰宅した途端雪であった。古来一度に見ることができないとされている雪・花・月を一日ずれに見ることができたといきがってはみたもののやはり悲しい思いであった。

五月になってやっと春を感じた。だが五月は、八日知勇忌、四迷忌、十一日朔太郎忌。十三日花袋忌、十六日透谷忌と続き、二十九日は晶子忌と続く。もの思う月である。

宮沢賢治に有名な「春」と題する小曲がある。

陽が照って鳥が啼き／あちこちの楢の林も／けむるとき／ぎちぎちと鳴る汚い掌を／おれはこれからもつことになる

日が照って鳥がなくことと、ぎちぎちとなる汚いてのひらを持つことでは、一方が風土の現象であり、他方が人間の生活であることによって、賢治の内と外の世界として相互に対立していると指摘したのは『古文芸の論』の著者高木市之助博士であった。矛盾もしくは相互の対立は賢治の一貫した姿勢であった。例えば農民のために懸命だったにもかかわらず、東京に対するあこがれも強く「大都郊外ノ煙ニマギレン」と願ったのもそうであったし、「春と修羅」や「無声慟哭」という題そのものも矛盾する語の組み合わせであるのもそうである。

「ふたつのこころ」をもっているからであった。「たよりになるのはくらかけつづきの雪ばかり」だと悲しみながら「おれはひとりの修羅なのだ」と宣言しているのである。

賢治を語る人々は、彼を安易に「修羅」と呼ぶのではなかろうか。

「修羅」は本来仏語であって、衆生が輪廻する六道の一界――人間と畜生の間――にあり、世界の王帝釈天を相手に絶望的な反抗を繰り返すもの、血みどろの闘争をするものといわれる。

賢治が郷土芸能――東北の鬼――に心魅かれたのは、表面に出すことのなかった怒りと悲しみの屈折した感情と無縁ではあるまい。相澤史郎氏の指摘するように、東北の鬼は慢性の飢餓、農民の奈落の怨念であり、憤怒なのだから。

「修羅」はまた、謡曲にあっては人間的な執念をそのまま持ち越した死のかなたの世界である。これは中途半端というべきだろうか、あるいは一方に偏らない状態というべきだろうか。

世阿弥は「修羅」の観衆に「修羅」能を与えた。「修羅」である人々が自覚することなしに賢治を「修羅」と呼ぶのには少なからぬ抵抗がある。賢治が「イッモシズカニワラッテヰ」たいと願ったのは「修羅」としての自覚にほかならなかったのだろうから。「まことのことば」が失われている〈青ぐらい修羅〉を歩きながら、妹トシの死によって信仰が本物かどうかが問われた賢治、そこには自分とはなんであるかという問いがあったはずである。

それにしても「二つの戦う心」をもった人間が「修羅」であり、「修羅」こそが最もノーマルな人間といえるのではあるまいか。

「岩手日報」昭和51（1976）年6月2日〈ばん茶せん茶〉

## さようならと方言

三月は別れの季節である。白い軽いあわ雪は冬がくれたさよならの手紙——とは詩人の言である。

ところで、人と別れるときのことば「さようなら」の意味がわからなかった遠い日を思い出す。もちろん深く考えたというほどのものでもないのだが——。それでも家のだれかれを中心に何人かに聞いてみた。しかし結局だれも私を満足させてはくれなかった。あげくに「ことばをいちいちほじくったってわからないのがあたりまえだ。ばかなやつだ」と言われたことだけが、奇妙にはっきりしている。

思えば幼い日々が無意識の中に働いてこんにち、国語教師のはしくれとして命を使うようになったのかもしれない。

ごく親しい友人などと別れるときは「じゃ」とか「じゃ、また」などと言って「さようなら」などと改まったりはしない。手紙の場合も同じである。この場合は意味がはっきりしていて「じゃ、また会おう」「じゃ、また書こう」とかいうことである。

ところが「さようなら」となるとからきしわからない。しかし、大学の三年の時だったろうか。夏季講習の終わりに今泉忠義博士が「〝あばよ〟という語源についてはいろいろ説があるが、〝あればや〟と考えるのが一番妥当と思われる」とおっしゃったことがあった。

私の遠い日の疑問に決定的な示唆を与えてくださったのである。

近ごろは国語辞典でも「もしさようならば、お目にかかります」とか、「さようならば、これでお別れしましょう」とか、「さようならば、おいとま申す」とかの下をぼかした言い方であると説明しているから問題はないのだが、以前のは「別れのあいさつ」としか説明されていなかった。ついでに言うと「こんにちは」も「こんばんは」もそうである。「おばんです」に慣れていた私などは、センテンスの主語だけで息を切る「こんばんは」は言いにくいのだった。

ところで、今では貴重な資料となっている『岩手県大鑑』(昭和十五年に新岩手日報社で発行したもの)と、小松代融一博士のご研究「岩手方言の語彙」などから、別れのあいさつ語を拾ってみた。見落としもあるかもしれないが次の十三語である。すなわち、「アヤエ」「アンパエ」「アンバエ」「アンヤエ」「アバー」「アバエ」「アバヤ」「マダヤ」「マダエア」「マダノ」「マダッシャ」「マダグッカネ」「マダムッシャ」である。もうほとんど死語となっていて、どんなふうに話したものか私などには推定できないものが多い。

しかし「あばよ」の語源「あればや」と同じと考えられるものと、「再びお目にかかりましょう」の下をぼかしたものとであると思われる。（「マダ」は「再び」であろう）

私はもう一語を知っている。私の故郷渋民（現大東町）では、帰って行く客人を見送る主人が「オセッカグシャ」と最後のあいさつをするのを聞いたものだった。「オセッカグシャ」――それは「たびたびおいでなさい」という意味なのだと今にして私は思うのだが、村人たちは「無事で」という意味で使い継いでいたようだった。

いずれにしても方言は共通語の原型である。「マダヤ」も「アバー」も「オセッカグシャ」も、人間のこころを宿す美しい日本語である。こうしてはじめて「さようなら」は、別れのことばの中で最も美しいと思われる中国語の「再見」やドイツ語の「アウフビイダーゼーン」と同じ意味内容をもつことになる。

私は今、農村人口の過疎化と農村の崩壊、人間の機械化を憂え、ことばのもつ美しさを失うまいと思いながら、出会い、そして別れる友人と先輩たちに「さようなら」の一語を述べようと思う。


「岩手日報」昭和47（1972）年3月24日〈ばん茶せん茶〉

# 正宗白鳥の青春

青春のある時期にキリストの福音に触れながら、やがて自立の代償として信仰を失って行く文学者が多い。北村透谷や有島武郎をはじめとする日本の近代作家たち、島崎藤村、志賀直哉、国木田独歩その他数多く指摘できる。とりわけ「キリスト教を放棄して心がのびのびした」（文壇的自叙伝）といった言葉を翻して、キリスト教徒として昇天した正宗白鳥は、深い関心を抱かせる。

日本の文学者の最大の欠陥は宗教との対決能力を欠如していることだと指摘されたのは亀井勝一郎（注・一）であるが、同時に亀井は、キリスト教徒内村鑑三と無神論者的森鷗外のまん中に挟まって、もたついているのが正宗白鳥であるとも述べている。

正宗白鳥は自然主義作家であり、戯曲作家でもあり、評論家であった。その多彩な作家生活を送りながら一生流行作家にならなかった。白鳥文献に明るい中島河太郎氏が伊藤整・大岩鉱氏との座談（注・二）で「白鳥は小説家として一流じゃない」と述べているように、白鳥は決して芸術的にすぐれた感覚の持ち主ではなかったし、表現上の才能にも恵まれていなかった。明治三十七年（一九〇四）、処女作「寂寞」を発表した時、「あの唐変木が小説を書いたのか」といって早稲田の級友は驚いたという（注・三）。それだけに、小手先の細工や技巧を拒否し、率直な疑問と読者をはばからぬ警句を身上とした。即ち「真実」だけを目指す作家であった。その世界は「白鳥的懐疑」とも「白鳥的ニヒリズム」とも呼ばれているが、近代日本文学史上独自な存在である。丸谷才一氏はゆがみを代表することのできる曲型的な文学者であったと述べている（注・四）のだが、中島氏は「白鳥の小説というのは一篇だけを読んだって面白くない。あるいはエッセイだって一篇読んだだけでは面白くない。白鳥は全体を読んでみてはじめて、小説なりエッセイの一篇が生きてくる。ほかの作家のように、ある一つの代表作があったり、一つの感動させるものがあって、これはうまい作品だとか立派なエッセイだといえるものはない。」と述べている。そのためであろうか、新しく編まれた文学全集には、白鳥の名が削られているという事実がある（注・五）。白鳥は人知れぬ努力を続けて書いたのであった。彼の努力を支えた重要なファクターは何か。

白鳥がなくなって、いちはやく白鳥を評伝した大岩鉱氏はそのファクターを「タテに見る実存的な眼とネガティブ・ケーパビリティとの組み合せ」（注・六）であると指摘し、山本健吉氏は生涯を通じて問いつづけた一つの問い「神はあるのか?」であるという。いずれにしても「酔えない人」(注・七)であり、文学以前のもの、即ち宗教への憧憬というより、神への愛執と疑念であった。同時に吉田精一氏が述べているように白鳥の抱いている真剣な人生探究の理想、芸術に対する情熱、それらが満たされないためのカンシャク(注・八)が狂暴な嵐となって荒れ狂うこともあったのだ。

白鳥は「文学的自尊と自卑」というエッセイの中で、

「永遠の生命」は我々の求むるところであり、心を豊かにさせるほどの魅力があるが、その内容を突き止めんとすると、つまり何であるか。

と、問い、鈴木大拙が永遠の生命を所詮固定した死語であるとした一文に触れ、私は青年時代に、新聞所載の年頭の標語として「モーメントに生きんとす」と書いたことがあったが、瞬間瞬間に生きることなりという意味であったのであろう。「時」は無限である。

と述べ、「死語であるとしても、その死語から暗示される何かを、私は暗黙のうちに文学に求めていたのであった。死語からも、時としては、生命の芽がもえ上ることもありそうである。」と述べている。

終始白鳥が人生および文学上の姿勢としてくずれることがなかったのは、自己を欺かずあくまで誠実であろうとする態度であった。それは「永遠の生命」を求めたからではあるまいか。

白鳥が終生座右から離さなかったのは「聖書」であった。ホテルに泊って聖書がないのが寂しかったという（注・九）。また「私の信条」で「ホレショよ。この天地の間には、いわゆる哲学（あるいは科学）の思いも及ばぬ大事があるものだ。」と述べている。あるいは茅誠司氏との対談（注・一〇）で、湯川秀樹氏の自叙伝『旅人』は、徹底して自分を投げ出していないと批判し、福沢諭吉が自分は宗教を信じないが愚夫愚民を安んぜしめるのは宗教がいいという意味のことを述べている点に言及し横柄だと批判し、文学者の方が時代に追随しているのを指摘し、文学が戦争や政治の手先に使われる必要はないというのが白鳥の論である。

白鳥は明治二十九年（一八九六）二月、立身出世のためではなく、純粋な読書欲と、キリスト教について勉強したい、神をもっとよく知りたいために、単身岡山県のふるさとをあとに上京した。東京専門学校（現、早稲田大学）英語専修科に学ぶかたわら、毎日曜、市ケ谷の基督教講義所に通って植村正久の説教を聴いた。しかし特筆すべきことは、夏、帰省の途中、基督教青年会主催の興津の夏季学校に参加し、内村鑑三のカーライルに関する連続講演を聴いたことがある。「内村鑑三」に、私たちは江尻か、清水港かまで舟で行って、そこから三保ノ松原まで歩いたのであったが、私はなるべく内村の後に随いて歩くようにした。そして、彼が同行者某を相手に世間話をしているのを、一語も聞き洩らさないようにと耳に力を注いだ。

と回想している。内村の本は全部読み、千里を遠しとせずに講演を聞きに行くほど心酔したのである。それは「内村の解釈が直截であり、基督教観に、他の伝道者の説と異った独自一己の趣があった」ばかりでなく、いかに生くべきかに思いを注いでいたのは内村以外にいなかったからである。「『いかに生くべきか』を感得するつもりであった。」と白鳥は述べている。

丸谷才一氏が「白鳥は内村の人格の核とも云うべき箇所をとらえ得なかった。」と指摘しているように、白鳥の内村理解には限界があった。とはいうものの、絶えず自分の心の中で矛盾や対決の苦しさを越えようとして、強烈な、さらに強烈な信仰を持とうと苦しんだ内村鑑三の強烈な影響の下に白鳥は青春を送ったのであった。そしてその影響は白鳥の生涯を通じて貫いているのである。

白鳥の信仰告白をめぐってジャーナリズムの話題となったことは今更いうまでもないことだが、山本健吉氏が述べているように、人の信仰という魂の問題を、おくめんもなく論ずべきではない。恐らく山本氏が証明を試みたように「白鳥に『棄教』の事実がないから、終始信仰を持続していたのであって、信仰に復帰したのではない」（注・一二）というべきではなかろうか。

そして高見順のように「外見からするとクリスチャンのようには見えなかった。それだけにほんとうのクリスチャンであったと思われる。」とも、小林秀雄氏のように「内村鑑三以来の典型的な日本のキリスト教徒だ。」とも仮りに言い得ないにしても、そして外から見ると亀井勝一郎のように「もたついている」ように見えても、白鳥はキリスト教徒であったというべきであろう。それは文学以前の問題である。白鳥の信仰はキリスト教の全てを「手つかず」で所有していたのであり、そこに懐疑があり、「不徹底なる生涯」もあったのであろう。それは正に青春の持続であったとしか言いようがない。

注一＝『日本人の美と信仰』所載の「日本人の文学」で指摘している。これは亀井がしばしば述べたことであり、私は学生時代彼の講義を受講し、その時も聴いている。私は彼の講義を受講したことをありがたく思っていて、本稿でも先生と呼びたかった。

注二＝中央公論社版『日本の文学11　正宗白鳥』付録に収められている。テーマは「正宗白鳥の人と文学」。

注三＝大岩鉱著『正宗白鳥』一一三頁。

注四＝「空想家と小説」（「文藝」一九六三年一月号所収）

注五＝既に山本健吉が『正宗白鳥』の中で指摘している。山本も私には先生である。正式には石橋先生である。

注六＝Negative Capability　消極的でいられる能力。日本人には珍らしい能力として、大岩は（一）自己を知る能力　（二）周囲を知る能力　（三）創造する能力の三つの側面に分けている。尚、くわしくは斎藤勇博士の著書“Keats' View of Poetry”の中に説明がある。

注七＝谷崎潤一郎は昭和の初め菊五郎の踊り（浅妻船）について白鳥と論戦し、白鳥を酔えない人といった（我が饒舌録）による。

注八＝「新聞記者時代の白鳥」（「文藝」一九六三年一月号所収）

注九＝小林秀雄と河上徹太郎との対談「白鳥の精神」（注四・八と同じ「文藝」）

注一〇＝読売新聞、昭和三十四年三月一日号。茅さん対談⑦「この人この世界」語り手正宗白鳥氏。

注一一＝山本健吉『正宗白鳥』あとがき。

資料１「文藝」一九六三年一月号・正宗白鳥特集

２大岩鉱著『正宗白鳥』（河出書房）

３山本健吉『正宗白鳥』（文藝春秋）

４福田・佐々木『正宗白鳥』（清水書院）

５亀井勝一郎『日本人の美と信仰』（大和書房）

６朝日新聞　昭和三十四年二月二日号

７読売新聞　昭和三十四年三月一日号

「真理」No.11（一九七五年）

# 賢治をめぐって（一）

私は花巻で「賢治最中」などが売られているのを見てがっかりした。が、だからこそ賢治が生まれたのだとも思う。幼少年時代の生活環境がその人の人間形成に大きく作用することは今さらいうまでもあるまい。法華経のためにある日は童話を書き、信仰を根底に置くが故に農村を巡り、その生き方はあまりに気高く崇高である。賢治の最大の遺物はその童話でも〈心象スケッチ〉でもなくその生き方であろう。だが後世彼を「菩薩」などと呼ぶことはどうであろうか。周知のように賢治は自らを〈修羅〉と呼び、二つの自分に悩んだのである。その一つに生家を、花巻を、脱出しようと願った点がある。結局は脱出しきることが出来なかったのではあるが、賢治を理解する一つの手がかりであろう。

編集委員の依頼から筆を執ることにしたが、今回は生家と花巻を中心に書くことにする。ただ充分準備をする暇がなかったので、ほんの紹介する程度しか書けまいと思う。

## 一、家　賢治の父

賢治が生まれた頃の生家は質屋兼古着商を営んでいた。父政次郎に関する評判は大体良い。花巻仏教会を作るのに努力した人として、仏教を信ずる心の厚い人として。堅実で思慮深い人として、町会議員をつとめた人として。私が町の人から直接聞いた「顔のきつい人」だったというのを除くならば――。

ところが賢治はこの父と激しく口論するなど「父と子」の相克に凄まじいものがあった。たとえば盛岡中学を卒業して家業を手伝うことになった時の賢治、父を改宗させようとした時の賢治。妹シゲ氏は「兄は父とは人生の根本までつきつめて論じ、父の真宗の無気力を激しく非難し、また、父のいう世俗的な成功、地位とか財産とかを否定して、毎日毎日、あんまりひどく争った」のでおろおろしたと述べている。私の聞いたところでは父と子の争いを、家族が皆傍で座って黙って聞いたものだそうである。

周知のように島地大等編著の『漢和対照　妙法蓮華経』を読み、法華経こそが真の道であると信じた。いわば賢治の生涯はこの信仰がバックボーンであり、その故に生命を燃焼したのであり、それについては次回に述べようと思うが、農民の苦しみをよそに繁栄する家や一族のあり方に対する嫌悪があった。そしてこれが賢治にとって生涯の負い目となったのである。——こうしたケースは賢治ばかりではない。

父は実に用心深かった。賢治の挫折はそこにあった。たとえば石炭岩等の採掘、木材乾溜、砂金の売買、模造真珠の製造、えり止、指環用の飾石の研摩、販売等を職業としたいと父に願うたがその反対にあっている。もっとも後に東北砕石工場の技師として働くことが許されはしたが、これについては賢治を慕う人々の理会が不足している。

大正十年（一九二一）二十六歳の賢治は父を改宗させようとして無断で上京した。しかしその九月には妹トシ病気の報によって帰郷せざるをえなかった。そしてこの十二月、郡立稗貫農学校教諭となったのであるが、この時の父の喜びはひととおりではなかったのである。

しかし、大正十五年（一九二六）三月、賢治にとっても楽しい生活だった教師生活に別れを告げた。この理由に父が関係しているという一説がある。家を脱出し独居自炊の生活を始めてはいるが、自家の別荘であったことに賢治の弱さがある。——この春宮沢家は金物店となる。賢治の意見によるところが大きいとは私の耳にしたところである。

宮沢家は宗教的雰囲気の濃い家庭で賢治は四歳にして「正信偈」などを暗誦したといわれる。が、暗誦そのものに賢治のその後を結びつけることには問題があろう。父に将来の職業を問われて「寒い時には鍛冶屋になればいいし、暑い時には馬車屋の別当になればいい」と答えたという。このいかにも子どもらしい返事に対して「カンカンに怒った」という父を問題にしたい。賢治が法華経の精神によって生きることを目標とするようになった頃、そのことを心配したという父。賢治はユーモアで皆を笑わせたりしたという。しかしそれは父の外出中のことで、父の前では借りてきた猫のようだったという。

いったいこれは何を意味するか。賢治が遺言を述べた時、父は初めて賢治を誉めたというのは伝説だろう。しかし父と子の対立（もしくは無理会）を示す証拠である。父が賢治に求めたものは世俗的な成功であり、賢治にとってはそれが大きな負担だったのだと思う。賢治は反発し、争いながら結局父の意志が賢治にとっては逃れることの出来ない重い石だったのである。——賢治には怒りが怒りとして持続せず崩れてゆく弱さ、あるいは善意があった——。

父政次郎は、死後の賢治がイーハトヴの詩人から世界に誇る求道者であり詩人であり、ユニークな童話作家として成長するにつれて信仰の人となり、賢治を理会したのではなかったろうか。

## 二、家　妹トシ

「永訣の朝」を始めとする一連の挽歌「無声慟哭」は読者をして深い感動を与えさすものであることは異論のないところである。トシは賢治のすぐの妹であって二歳違いである。花巻女学校始まって以来といわれた才媛で、日本女子大学家政学部でも首席を続けていたという。このトシが肺炎で入院した大正七年（一九一八）十一月、賢治は母と共に上京。その手厚い看護振りは何人も指摘するところである。病状を逐一報告した四十五通の手紙がそれを物語っている。

トシは賢治の短歌を整理清書し一冊の歌集を作ったことは知られている。上京中の賢治がトシ病気の知らせを受けて急ぎ帰郷したことは前に触れたとおりである。その看護の甲斐もなく、結核のためトシは二十五歳の若さで他界した。大正十一年（一九二二）十一月二十七日のことである。

賢治はその夜――と伝えられている――「永訣の朝」「松の針」「無声慟哭」の比類なく美しい挽歌を創り上げた。誰よりもこの妹を愛した賢治は、以後の詩作を一時中断している。彼はその分骨を国柱会の大霊廟に納めた。翌十二年七月、青森、北海道、樺太方面へ旅行し、トシへの哀惜をこめた挽歌をものにした。生涯独身だった賢治は決して独身主義者ではなかった。「おれと結婚する人があれば、第一心中の覚悟」が必要だ。「五十にならない今から永久に兄妹のようにして暮らす」結婚ならしてもいいと森荘已池氏に語ったという。つまり「思索と労働」に全精力を費すためには、信仰する宗教に於て一致するトシが理想的な存在だったのだと思う。本当の理会は宗教——生命の根源——を一つにすることによって生れるものであろう。賢治存命中本当に賢治を理会したのはトシ以外にいなかったのではあるまいか。

## 三、花巻　その一

予定の紙数は既に費やしたと思うのでくわしくは次回に述べることとしよう。ただ私の聞いたところによると、教師時代でさえ賢治は町の人に気軽に彼から挨拶することはあまりなく一見近よりがたく、童話にみるようなユーモアのある人には見えなかったという。知る人ぞ知るで町の人には賢治はいわゆる「狭き門」だったと思う。私もまた賢治に近づく機会があったとして、果して近づいていたかどうかわからない。ただ賢治の素晴しさを知った後でも「賢治最中」は売りたくないと思うし「賢治菩薩」を拝する「賢治信者」にはなるまいと思う。それが賢治のよろこぶところであるように思う。

大正十五年、農民の為に尽くそうと決心し、荒地を開墾し、花壇や畑を作り、トマトやチューリップなどを町へ売りに行ったのだが、農民にはそれを積むリヤカーが羨望の的だったという。だから町の道楽息子が百姓の真似をして喜んでいるという反感はどうしても避けられなかった。賢治が世界の賢治となる前に賢治の世界を知って賛嘆したのは決して花巻の人ではなかったはずである。デクノボーと呼ばれたのは賢治である。そう呼んだのは花巻の人ではなかったか。そういう深い反省と自覚なしには謙虚に彼と交わることができないのではないか。花巻が賢治を誇りとする時、そういう心の痛みを感じているだろうか。

岩手県花巻北高校「図書館報」No.11（一九七一年）

# 賢治をめぐって（二）

## 四、花巻　その二

昨年編集委員から依頼されたとき断わればよかったと、今にして思う。前回は多忙のために充分書くことはできなかったし。今度は懶惰もとより類ない性ゆえに書けないのだ。

花巻——というと何か美しい幻想と憧憬を抱かせる、「銀いろの穂を出したすすきの野原」。「雪がすっかり凍って大理石よりも堅く」なる雪景色。「雪婆んご」が遠くへ出かけたりする、こんな世界は賢治の童話や詩語によるところが大きい。山のあなたドリームランドは花巻である。

しかし、高村光太郎が「花巻ほどの町が」ともらしてしばしば嘆いたのは図書館など文化施設の無にも等しいことだった。

花巻と温泉郷とを結んだあの電車が保存とは名ばかりで放置されたままの状態や、賢治ゆかりの農業学校跡の放置のさまに、花巻の関心はどれほど高いのか私には疑問である。

大正八年の手紙の中に「きさまは世間のこの苦しい中で農林の学校を出ながら何のざまだ」と毎日言われていると記している。賢治はかつて理解されなかったし、今も愛されてはいない。

高村光太郎は、十和田記念像制作のために上京する三ヵ月前（昭27）「七年間見て来たところでは、花巻の人達の文化意欲の低調さは驚くのみで、それは結局公共心の欠如によるものと考へられます。宮沢賢治の現象はその事に対する自然の反動のやうに思はれます。賢治をいぢめたのは花巻です。」と言っている。

「賢治をいぢめたのは花巻です」――。

## 五、修羅

賢治はその詩集に「春と修羅」と名づけ、「おれはひとりの修羅なのだ」と叫んだ。賢治を語る人々は賢治を安易に修羅と呼ぶ。賢治に於ける修羅とは何かを問わねばなるまい。

賢治が用いている「修羅」は「修羅」と、「修羅界」とに二分される。私の理解するところによれば「修羅」とは世界の王帝釈天を相手に絶望的な反抗をくり返すものであり、

「修羅界」とは、そういうものの世界、つまり殺しあいの世界である。〈おれはひとりの修羅なのだ〉と叫ぶ賢治は「四月の気層のひかりの底を／唾し　はぎしりゆきき」し、「はぎしり燃えてゆきき」するのである。なぜなら「まことのことばはうしなはれ」てしまっているからである。研究家たちは、ここでいう修羅とは傲慢、嫉妬、猜疑心というような心をもつ悪鬼に似た自分のことだと説く。しかし怒ることが修羅なのだというのならばともかく、人間と畜生との間にランクされる修羅が「まことのことば」が失われ、人がそのことに気づいていないからといって歯ぎしりいら立つものであろうか。

私はかつて、修羅とは賢治の内部における矛盾葛藤を意味するのではないかと書いた（「宮沢賢治の遺書——その周辺」）が、今もその気持に変わりがない。

「いちめんの諂曲模様」——「諂曲」は事実をゆがめ心にもないことを言って媚びることである。「まことのことば」が失われていることに対する怒りであることは確かであろう。「修羅」は「まこと」の対極であるとすれば「巨きな信のちからからことさらはなれ」ている状態が修羅なのである。

「春と修羅」や「無声慟哭」という題そのものが矛盾する語の組み合わせであるように、相反する「ふたつのこころ」をもっている自分、それが賢治における「修羅」の意味ではなかろうか。

それにしても「おれはひとりの修羅なのだ」と言っているのは自らをさげすんでいるわけではなく、断固たる宣言であることに注目しなければなるまい。もしも「たよりになるのはくらかけつづきの雪ばかり」だという悲しみに通ずる賢治の叫びだとしたら賢治をとりまくものをも検討しなければなるまい。

賢治が歩いているのは〈青ぐらい修羅〉である。つまり「修羅の世界」である。たとえば童話「よだかの星」はいうまでもなく修羅の世界をテーマにした作品である。賢治にあってはこの世界は修羅であり悲しみであったと言えよう。「禁治産」と題する劇曲のメモにみられる父と子の世界もこれである。また中里介山の大乗小説『大菩薩峠』を愛読し、「日は沈み、鳥はねぐらに帰れども　ひとはかへらぬ　修羅の旅　その竜之助」など作詞し古い郷土芸能の旋律で口ずさんだりした。『大菩薩峠』は人間の負う業《ごう》を流転輪廻の相の下に浮き彫りすることがテーマであった。賢治の修羅と一脈相通ずるものであるとも言えよう。

今まで述べてきたことは修羅の外的世界である。その内的世界も考察しなければなるまい。

信仰に生きているはずの者が本物かどうか問われるときがある。それは最も愛していた肉身の死に直面した時である。賢治にとって「信仰を一つにするたったひとり」の妹トシが死にゆくのに対して「たましひは病む」のであった。大正十一年（一九二二）十一月二十七日、徹底した信仰の上に妹トシは死んだ。信仰の弱さ、いな、信仰をもたない者にも等しい世界に自分はいるのだという意識、亡くなった寂しさは「何べん理智が教へても」なおらない。この妹トシの死こそ修羅の世界を歩む修羅賢治を映す底なしの鏡であった。「かなしさうな眼をしてゐる」のはそのためではなかったか。

もう一つ、挙げてみたい。賢治が「鹿踊り」や「剣舞」など郷土芸能にこころ魅かれた遠因はどこにあったか。

馬場あき子氏の『鬼の研究』にくわしいのだが、華やかさの陰にその犠牲となった者の怨念も一つの鬼の相である。怨念の変身といえば、相澤史郎氏の「哭き続ける東北の鬼」も同じ結びである。

氏は言う――。東北の鬼は慢性の飢餓、農民の奈落の怨念であり、郷土芸能として伝わる鬼剣舞も農民の燃えたぎる憤怒である、と。

鬼剣舞礼賛は、映画「鬼剣舞」も含めてしばしば私の聞くところであるが、ここまでくると、私は dah-dah-dah-dah-dah-sko-dah-dah という囃子に続いて「こよひ異装のげん月のした」に始まる賢治の「原体剣舞連」を思い起こすのである。

この関心のよってくるところと、賢治の修羅とは全く関連を持たないものであろうか。伝えられるところによれば「原体剣舞」は平泉藤原清衡の頃に前九年と後三年の役で死んだ亡者払いの行事が剣舞として残ったものだという。そして確かに現在は盆供養の踊りにすぎない。

温厚そうな人間が鮮血滴るレスリングに魅せられている例はあまりに多い。「我慢することが多すぎる世の中だ」とは無理に観客を笑わせようとする役者のセリフの一節にすぎないが、恐らくはやり場のない怒りのささやかなはけぐちであろう。

もしもこんな言い草が是認されるなら、「唾し　はぎしり」しても、決して表面に出すことのなかった賢治の怒りの屈折した感情と関連があると言えまいか。あるいは怒りと悲しみの変身を賢治の〈怨念〉とは言えまいか。

たまたま第二回の読書会の席上以上のような考えを述べておいた。一夕ある酒席に於いてその記録を読んだという方から賢治における芸能と怨念の関係について尋ねられたが、単に推理にすぎない論であるので後日を約したにすぎなかった。

以上図示すると次のようになる。

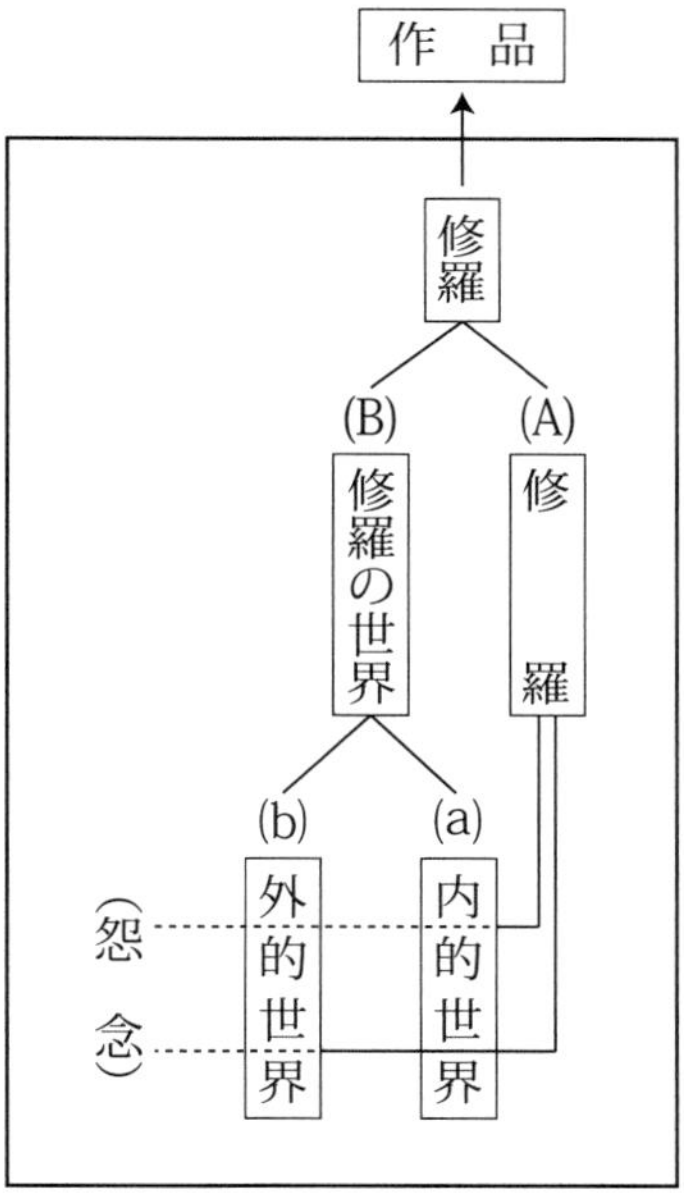


つまり、この世界（修羅の世界の外的世界）には「まことのことば」が失われている。そのことに気づいているのは自分ひとりだけ、そこに怒りと寂しさがこみ上げて「はぎしり燃えて」いら立って、「おれはひとりの修羅なのだ」と叫び、絶望的な闘争を宣言せざるを得なかった（A）のである。しかし妹トシの死に映る自分は「巨きな信のちからからことさらはなれて」いる状態を知らされた（a）のであった。もう一つ「迷い」もそうである。長期間推敲し、成長し続けていた作品を、臨終の日において「あれはみんな迷いのあと」と父に答えたという。「ふたつのこころ」これである。外的世界については前述し

たように殺しあいの世界であり賢治をとりまく世界（b）がこれである。
「イツモシズカニワラッテヰ」たいと願った生き方は修羅としての自覚にほかならない。いずれ賢治の生きる原動力であり、同時に文学の源流であったもの――それが賢治における修羅であるといえるのではあるまいか。

……遠くでさぎがないてゐる
夜どおし赤い眼を燃して
つめたい沼に立ち通すのか……

岩手県花巻北高校「図書館報」No.12（一九七二年）

# 賢治をめぐって（三）

## 六、信仰　その一

明治以後もっとも仏教的——すべての職業僧侶、すべての仏教学者よりはるかに仏教的——であったのは、宮沢賢治であったと指摘したのは『地獄の思想』の著者梅原猛氏であった。また、谷川徹三氏はその著『宮沢賢治の世界』の中で、賢治の精神と生活とは四つの次元——詩人（芸術の人）、法華経の行者（信仰の人）、農業技術（科学の人）、農民の友（実践の人）——を持ち、それが相互牽引と相互反発との二重の力関係をもっており、賢治を全体として見ようとすれば、この二重関係の中で一つに結ばれている統一体を考えなければならないということを述べている。

賢治の信仰は、たとえば紀野一義氏が既に指摘しているのであるが、一九二二年（大正十一年）一月の作品「屈折率」

七つの森のこっちのひとつが
水の中よりもっと明るく

そしてたいへん巨きいのに
わたくしはでこぼこ凍ったみちをふみ
このでこぼこの雪をふみ
向ふの縮れた亜鉛の雲へ
陰気な郵便脚夫のやうに
（またアラッデイン　洋燈《ランプ》とり）
急がなければならないのか

を読むと、法華経の信仰を大勢の人たちの手許に届けることを賢治は生涯の使命と考えていたと言える。しかし一方「ふたつのこころをみつめてゐる」賢治も見逃がすわけにはいかないが、このことは前回（修羅）の項で触れたので、今は触れない。

賢治の信仰によるそうした生き方を見出したのは一九一四年（大正三年）頃と考えられる。多く幼少にして「正信偈」を暗誦したことを論ずるが、賢治のその後に影響を及ぼす雰囲気であったとは言い得ても、決定的な萌芽とみることはできまいと思う。むしろそうした仏教を本当に身近かに感じたのは、舎監排斥運動によって寄宿舎を追われ寺に下宿した時であろう。すなわち剃髪して登校したとさえいう。家にあった漢和対照の「法華経」を読み感動、体が震えて止まらなかったと伝えられるは一九一四年のことである。その頃

の賢治の歌に

東には紫磨金色の薬師仏

そらのやまひにあらはれ給ふ

があり、これは丹後俊夫氏の指摘するところでもあるが、賢治の信仰を暗示していると言うことができる。

## 七、信仰　その二

その著『宮沢賢治』に於て福島章氏は、賢治の生涯は「ひかりとかげ」に満ちた多彩な生涯であったとして、四つの転機を説明している。すなわち

第一の転機　十八歳　入院し懊悩と惑乱の数ヶ月ののち、心身回復し法華経にふれ、翌年上級学校に入る。

第二の転機　二十四歳から二十五歳　突然上京、宗教活動。

第三の転機　三十歳で四年余の教師生活の後、農村に自己を投企す。

第四の転機　三十五歳　石灰工場の技師となる。

盛岡中学校を卒業後、鼻の手術とその後の発熱および発疹チフスの疑い等で二ヶ月の入

院生活とそれによる悲哀と惑乱が法華経に触れる原因であろうというのである。

信仰を抱く動機は人さまざまであろうが共通していることは、不安や焦燥や悲哀の果てであることを思うとき、福島氏の指摘もまた確かな要因の一つに数えることができよう。しかし入院生活に集中した危機以前、すでに危機であったことをいくつかの証言によって述べてみよう。

1．お休みでお家にかえって来て、妹さんたちとなわとびをしました。まるでへたくそで、ひっかかってばかりいて、ちっともうまくとべないのです。そのかっこうがあまりおかしいので、笑って笑って妹さんたちはおなかがいたくなって、なみだがこぼれるほどでした。

2．運動神経のにぶさにかけては、いつもクラスの筆頭であった彼は、軍人あがりの体操教師のかっこうななぶり物であった。ねこぜでがにまたの彼の姿勢は、教練の度毎に、ばりざんぼうの的となった。鉄棒や木馬など器械体操の時間には、しょっちゅう彼はまるで猫ににらまれた鼠のようにおどおどしていた。野球、庭球、柔剣道、その他もろもろのスポーツ体育にも、彼は一切縁がなかった。ボールを投げる時のかっこうは女の子そっくりだった。

3．賢治は数多い花巻衆の一人で愛称賢つぁんと呼ばれ、まるまるとした小柄な色白い子で自ら人目に出て来るような子供ではなかった。よく小使室の大きな囲炉裏辺で新聞や雑誌に読み耽っていた。私には別にこれぞという特長も印象もなかった。

4．よく口喧嘩をしては大坪少年は一風変っている宮沢少年を「変人」と呼んだ。

5．（成績が）悪い筈だ。賢さんは学校の教科書などは殆ど勉強しなかった。

6．授業の時に、リーダーを立て、ナイフで一生懸命に自分の机に岩手山を彫っていて、先生に講読をあてられて、まごついて私に聞いたことがあった。次の数学の時間も続けて彫っていた。

7．教室にいてよく腰の矢立から毛筆を出しては、誰彼の見さかいなく教科書の裏などに落書する癖があったので、賢さんのこの仕打ちはクラスの中でよく物議をかもした。

（注）1．森荘已池　2．阿部孝　3．加藤謙次郎　4．瀬川政雄　5．宮沢嘉助　6．葛精一　7．吉田沼薄

私はこれら証言を少し引用しすぎたかもしれないが、中学時代の賢治を素描しえたと思う。

後年、比較意識の問題を扱った作品が多く、たとえば自ら書いた新刊案内で「必ず比較されなければならないいまの学童たちの内奥からの反響です」と書いたのもここに根ざしていると思われる。

人間社会にあっては、すべてのものに序列をつけ、つけられ、個性がまったく無視される場合が多い。萬田務氏がごく最近（「どんぐりと山猫」ノート）を発表されたのは、実にこの点の指摘であった。「めっきのどんぐりもまぜてこい」という山猫の叫びは、所詮「黄金のどんぐり」を選択した俗物一郎に対する怒りであり、絶望の表白なのであり、裁かれたのは一郎の方であったとする萬田氏の結論は特筆すべきものである。

思うに教室での勉強に意欲が湧かず、運動神経が鈍く、いつもおどおどしていなければならなかった一つの「疎外感」が、賢治を山へ向けさせ、文学への誘い信仰へのレールとなったのではあるまいか。

## 八、信仰　その三

内村鑑三をして「陸中花巻の十二月二十日」を詩《うた》わせた人、花巻非戦論事件の斎藤宗次郎は花巻が生んだ熱烈な信仰の人である。花巻小学校の教諭であった彼は、多数の町民——同僚、同窓生、家族、ほか——によって圧迫され、迫害され、ついに教職を追われたのであった。

後年深い交わりをもとうとは夢にも予想しなかったであろう賢治が「肺病める／邪教の

家に夏は来ぬ／ガラスの盤に赤き魚居て」とか「贋物師　加藤宗二郎の門口に朝の祈りのこゑきこゆ」と歌っているのは当時の花巻の風潮の反映であったかもしれない。賢治の歌は、斎藤が徴兵を忌避し、納税を拒否するといういわゆる非戦論事件からほぼ十年の歳月が流れた頃のものであるから、斎藤に対する迫害のさまや思うべし。

教職を追われた斎藤は肺を病む病人でもあったが幸いにも健康を回復し、一九〇四年（明治三十七年）以来二十二年にわたって八キロの道程をかけ足で新聞配達をしたという。

賢治と斎藤との極めて深い交わりは一九二一年（大正十年）九月までの間であった。賢治の文学を語るとき、その信仰を無視しては語ることは出来ないのと同じく、斎藤との関係を無視しては賢治の信仰を語ることは出来ないのではあるまいか。

たとえば未完の童話「銀河鉄道の夜」中の天上界を彩る美しく夢幻的なイメージ、少年ジョバンニのもだえるように呟く「たったひとりのほんたうのほんたうの神」ということばの重さ、「まことのみんなの幸のために私のからだをおつかひ下さい」という死を前にしたさそりの祈りなどにもその影響が認められよう。

前後するが一九二一年（大正十年）、信仰の情熱が賢治を上京へとかりたてたのであり、同時に童話に対する創作熱も高まったのであった。そしてまた、妹トシの死、更にはある挫折によって信仰も変貌していくのであるが、今はそれらに触れる暇《いとま》がない。
私は高校時代以来幾編かの童話と詩に接し、学生時代はその短歌に触れ、研究の端緒をつかんだもののその後何らの見るべきものをものしていない。編集委員から三度目の依頼を受けたが、ここ二ヶ月ばかり余暇はすべて臥床するという不如意な日々を送り、ようやくにして筆を執った。先人の業績に負うてしまい心底から赤面している次第である。

岩手県花巻北高校「図書館報」No.13（一九七三年）

# 賢治をめぐって（四）

これまで次の八項にわたって述べてきた。すなわち

一、家　賢治の父
二、家　妹トシ
三、花巻　その一
四、花巻　その二
五、修羅
六、信仰　その一
七、信仰　その二
八、信仰　その三

である。もとより論じ尽くしたものではなくアウトラインを紹介したにすぎない。今回もまた懶惰類なくメモ程度にすぎないことを恥じつつ述べることにする。

## 九、青びとのながれ

私が今年イギリス海岸を訪れ、しばし憩うたのは夏の終わりの日の午後であった。よく晴れた午後であった。おそらく旅の途中であろうふたりの若い女性が写真を撮して帰って行った。近くの子が犬を洗っていた。大河はただ流れていた。

なんの変哲もない河岸、しかし賢治にとって修羅の渚であった。

なみはあをざめ　支流はそそぎ
たしかにここは　修羅のなぎさ

賢治がこの河岸の泥岩を見るとき、それはせめぎあう闘争の場であった。賢治の眼は悲しみに曇っていた。歌曲「イギリス海岸」はこの目を通して作られたのである。

賢治は、イギリス海岸をたくさんの死人が流れてゆく幻想を語りもし、描いて見せもしたという。それはいつの頃であろうか。

賢治の文学才能が作品〈短歌〉として芽生えたことは今や周知のことである。賢治の文

学活動を表現形態の展開から図示すると、

短歌
↙　↘
童話　詩（口語詩→文語詩）

となる。

賢治が「青びとのながれ」と題する一連の短歌を残したのは一九一八年（大正七年）のことであった。

そもこれはいづくの河のけしきぞや人と死びととむれながれたり
青じろき流れのなかを水色に人々長きうでもて泳ぐ
青じろきながれのなかにひとびとは青ながき腕をひたうごかせり
うしろなるひとは青うでさしのべて前行くもののあしをつかめり
溺れ行く人のいかりは青黒き霧をつくりて泳げるを灼く
あるときは青きうでもてむしりあふ流れのなかの青き死人ら
青人のひとりははやくたゞよへる死人のせなをはみつくしたり

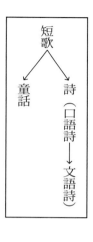

肩せなか喰みつくされてしにびとはよみがへりさめいかりなげきぬ
青じろく流るゝ川のその岸にうちあげられし死人のむれ
あたまのみわれをはなれてはぎしりし白きながれをよぎり行くなり

後に文語詩となる。次はその最終連である。

ながれたりげにながれたり
川水軽くかゞやきて
たゞ速やかにながれたり
（そもこれはいづちの川のけしきぞも
人と屍と群れながれたり）

あゝ流れたり流れたり
水いろなせる屍と
人とをのせて水いろの
水ははてなく流れたり

この激流の上の残虐かつ凄惨なイメージは長い歴史の生存闘争であったかもしれない。
だからこそ修羅のなぎさと呼ぶのかもしれない。

しかし、あるいはなまなましく見えた生存闘争のみならず賢治の内的世界〈修羅〉の相でもあった。短歌「青びとのながれ」を残した一九一八年（大正七年）、賢治は親友保阪嘉内に二十二通の私信を送っている。その消印十月一日岩手＝局名不詳の葉書の後半に

私の世界に黒い河が速やかにながれ、沢山の死人と青い生きた人とがながれを下って行きまする。青人は長い手を出して烈しくもがきますが、ながれて行きます。青人は長い長い手をのばし前に流れる人の足をつかみました。また髪の毛をつかみその人を溺らして自分は前に進みました。あるものは怒りに身をむしり早やそのなかばを食ひました。溺れるものの怒りは黒い鉄の瓦斯となりその横を泳ぎ行くものをつつみます。流れる人が私かどうかはまだよくわかりませんがとにかくそのとほりに感じます。

とあって短歌「青びとのながれ」と同一内容である。

賢治文学の源流が賢治における修羅であるとする拙論が認められるとすれば、賢治文学の――少なくとも「青びとのながれ」の――鍵の一つはまさに一九一八年（大正七年）にあると思われる。

賢治の心象世界が色彩をもっているが、とりわけ目につくのは「青」であり「黒」である。この色彩語をめぐって考察してみたいが、今その暇がない。

さて一九一八年（大正七年）に於ける賢治は盛岡高等農林学校本科を卒業し、関豊太郎

博士の助手として稗貫郡下の土性を踏査した年であった。その調査の終わった十月は古着を並べた店先で店番をはじめた時であった。年譜を一、二整理すると、

五月、浄土真宗の信者である父政次郎と法華経の行者である賢治とのちがいが根本的な問題となった徴兵検査を受け、丙種合格（徴兵免除）となる。

㊟保阪嘉内宛には第二乙種合格と伝えてあり、それが正しいのかもしれない）

七月、近来少しく胃の痛む様にて（父あて書簡）――後年命を奪った最初の徴候があらわれている。

八月、童話「蜘蛛となめくぢと狸」「双子の星」を書く。――生まれてからはじめて書いた童話――

十一月、妹トシ発病。十二月、入院中のトシを見舞う。かくてこの年を東京の旅籠で送る。

一見して重要な一年であることが理解されよう。

一九一八年（大正七年）は戦争インフレで物価は上昇を続け一九一四年（大正三年）の三倍となった。遂に七月には富山県下新川郡魚津町に端を発した「米騒動」が全国的に波及する。一方シベリア出兵、世界的なスペイン風の流行（岩手県の死者――一九五一名。全国で死者十五万）、成金の簇出と労働争議の多発などまさに社会不安の年であった。

賢治、三十二歳。学校卒業後の問題について父との意見交換があった。しかしそこには思想上の亀裂があった。

毎度申し上げ候如く、実は小生は今後二十年位父上の曽つての御勧めにより、静に自分の心をも修習し、経典をも広く拝読致し幾分なりとも皆人の、又自分の幸福となる様、殊に父上母上又亡祖父様乃至は皆々様の御恩をも報じたしと考へ、自らの及びもつかぬ事ながら、誠に只今の如何なる時なるか吾等の真実の帰趣の何れなるやをも皆々様と共に知り得る様致したくと存じ、只今の努力はみな之に基き候処――下略

――（二月二日父あて書簡）

肉親への気兼ねと反世俗的な人生観を初めて述べ、法華経信者としての生き方と将来への希望を述べているのである。

三月退学処分を受けた親友保阪嘉内宛書簡の中で「私は功利の形を明瞭にやがて見る。功利は魔です。ああ私は今年は正月から泣いてばかりゐます。父や母や私やあなたや。春が来たら私は兵隊靴をはいて歩ける位歩きまわり稼げる位稼いでこのかなしみをかくさうと思ってゐました。」と書いている。「青びとのながれ」は賢治内部における黒い河――その流れであった。

賢治が詩と童話を書き、小説を書かなかったことに注意する必要があると指摘したのは梅原猛氏である。賢治にとって、動物も植物も山川もそして人間もすべては過ぎ去るはかない生命ではあるが〈もしも、まことのちからが、これらの中にあらはれるときは、すべてのおとろへるもの、しわむもの、さだめないもの、はかないもの、みなかぎりないいのち〉——永遠の生命——をもっているはずであった。賢治にとってその生命の真相を語るにふさわしいのは詩や童話であった。賢治がその生涯を閉じたのは三十七歳の秋であった。そのはかない生命が、そのままかぎりない生命として無限に豊かな生命を生きているのである。そしてまた、きょうも「黒い河」を「青びと」が流れているのである。

岩手県花巻北高校「図書館報」No.14（一九七四年）

# Ⅵ　エッセイ　伊藤恵理美

# あじさい

蕾はブロッコリーみたいである。まだ固い蕾のかたまり。あと数日で咲くだろうか。毎日通う道の途中に、そのあじさいがある。新聞社の前の池。その周りを囲むように、あじさいがある。

上には柳の枝が涼しげに揺れている。朝はすずめがあじさいの葉の中でかくれんぼをしている。その水辺には、時折サギも降りてきて物思いにふけっている。

毎年の事だが、蕾を見ると、咲き始める時が待ち遠しくなる。二枚の葉に守られている、あおい蕾。それはまるで、両手を合わせた中に「特別」なものでもしまっているかのように。「特別」。あじさいは特別扱いをしてもらっている花だと思う。他の花は蕾のうちから花びらの色が決まっているのにあじさいは違う。咲いても黄緑色なのだ。そうして、だんだんと青色になったり赤色になったりする。咲いてから色を決めるなんて、なかなかいない。あじさいは咲いてから色を変えられる特別を授かった。トクベツ扱いはうらやましい。

でも他の花も、たくさんトクベツを授かっていた。あさがおは朝一番に咲いていいよってということを授かった。月下美人は夜誰かをひとりじめするように咲くことを。たんぽぽは夜、花を閉じて眠れることとか。

誰にだって小さな特別があって、そのとくべツがトクべつかどうかは、気付くか気付かないか、かもしれない。

あじさいのまだ固い蕾を見ながら、また明日、膨らんでくるあじさいの蕾を想像させてもらう。きっとそれが私の今のとくべつな楽しみなのだ。

『something』16（二〇一二年十二月二十五日発行）

# ゆれる

昨日と今日、今日と明日の気温がまるで違う。春が来るからだ。春は「は・る！」と確信しようとすると、するっと逃げていく。がっかりしていると、ひょっこり現れる。ゆりかごのように冬と春の間をしばらくのんびりゆれ続ける。

ゆりかごの中には、私が知らなかった春や忘れていた春が沢山入っている。のぞいて見ると、こんな事が入っていた。枯れた草が一面に広がる川原に寄り添い流れる川。少なかった川の水がふくらんできている。いつもの川が雪解け水を口に含んで下りはじめたからだ。橋の上からでも、川底が見える雪解けの川。川原の土に、ゆっくりしみ込んでいっている。まだ枯れ草色の川原が何となく、ふかふかに見えてくるから不思議だ。

また、のぞいて見ると、かごの上の方にこんな事が入っている。冬の間、冷たい風に何度もはじかれながら、震えるように揺れていた木々の枝だ。いつの間にか枝先が、ほんのり色づいてきた。鉢植えの木も枯れたような色をしているので、枝をしならせてみる。しなってくれると、何とか大丈夫かと思う。のぞいてきた芽に、どんな葉の形だったか早く見たいと思う。

春にしか味わえない、わくわくした気持ちを思い出せた。

かごの中は雑多にいろんな事が入っていて、何やら自分の雑多な部屋を見ているようでもある。あら、こんなところにこんな物がと、思う出来事もよくあり、どこにいったのかと探していたものが、奥の方に埋まっていたりする。

今、気がついた。私のウチは冬？いつも冬か？時々、ゆりかごがゆれるけれど、やっぱり冬だ。埋まっている物や事が、少なからず、ある。んー。どうまとめたら良いのやら。逃げ腰になってしまった。片付けが苦手だからだ。ここで、そうだ、片付けようと言ってしまうと、やらなければならない。が、何とも腰が異常に重い。

まずは冬から春に変わるまでは、相当な時間がかかる、という事だろうか。


『something』23（二〇一六年六月三十日発行）

# 竜とだるま

画竜点睛という中国の一五〇〇年ほど昔の話である。この話は、目だけ入っていない絵の四頭のうちの竜二頭に目を入れたら、絵からぬけ出していったという話だ。絵からぬけ出して自由になったのだから、絵描きにお礼くらい言ってもいいのにと思った。また四頭のうち残りの二頭も絵描きに目を入れるように頼まなかったのかと思う。一緒に描かれた二頭がいなくなったなら、自分達も絵から自由にぬけ出して行きたいと思っただろうと。

確かに生き物を描こうとすると「目」は重要で「目」が上手に描けると、グッと映えてくるし、「目」に失敗すると納得できなくなる。

では、似たように目を入れて完成される、だるまもそうか？

だるまは願いが叶った後に目を入れる。誰かの願いのためだから、だるまはメインじゃない。もしだるまが竜と同じように目を入れたあと動き出すとしたら、ぽんぽん飛びはねるだろう。選挙の時などは、当選者のだるまがぽんぽん飛びはねるのが見られるのだろう。

もし、そのだるまに体当たりしあったら、幸せがうつるとかしたら楽しい。

だるまは、達磨という人が九年間座禅したため手足が腐ってしまったのだから、意味としては祈願することなので全く違うのだが。

「目を入れる」行為で考えたのだが、どちらも「目」は重要なポイントということだろう。

## 嫌いな食べ物は？と聞かれ

好き嫌いは激しくないものの苦手にしているのは豆乳です。シンプルな豆乳を飲んでみたり、バナナ味とかコーヒー味とかいろんな味にした豆乳も、いまひとつ親しみが無く、飲まなくてもいいものになっていました。豆腐は好きで食べるのですが、同じ大豆製品の豆乳が苦手な自分。どうしてもおいしいと思うことができないまま過ごしておりました。

今から三年ほど前でしょうか。冬、主人と少し遠出をして、秋田に近い岩手でも積雪の多いと言われます地域を通り過ぎた時でした。ちょうどお昼時でしたので、スキー場の、温泉施設と併設されている食堂に立ち寄りました。いろいろなメニューがあるところですが、豆腐ステーキ定食、生ゆば丼など豆腐のメニューが多くありました。迷いながら注文しましたのは豆腐ステーキ定食。豆腐の味がしっかりしていて、あまじょっぱい味付けの豆腐ステーキは充分に満足でき、とてもおいしかったです。その食堂には、使用している『豆腐』は隣りの豆腐屋さんのもの、との説明が付け加えてありました。隣り？と、食べた後、山積みの雪の向こうにそのお店の名前があり、さっそく行ってみました。

手作りのお店でしたので、量は多くなく、午後にはほとんど売り切れるといいます。お店の方がお客様とお話している声が聞こえます。

「どこから来たの？」

「盛岡」

盛岡から買いに来ている人がいるほどなんだと思いながら、その時は木綿、絹豆腐など、買って帰りました。

それからというもの、時々訪ねていました。そんな折、お店のお母さんに、「小腹が空いたときいいよ」と、今まで苦手にしていました豆乳を勧められました。半信半疑と言っては失礼ですが、そんな思いで飲んでみました。飲んでみたらまるで豆腐を液状にしたような、まさしく飲む豆腐。それも濃厚な味でした。

盛岡は、豆腐の消費量が日本の中でも上位に入るほどといいます。ご多分に漏れず我が家でも豆腐をよく食べます。そんな私が苦手にしていました豆乳。それが初めておいしい！と思わせてもらえる味の豆乳でした。

それからは、いろんなメーカーの豆乳を試すほどになりました。試した結果、自分にとって飲みやすかったのは乳酸飲料のメーカーの豆乳でした。毎日、会社の自動販売機にありますその豆乳一本飲むように。おかげで、昨年に比べて血液検査の善玉コレステロール値が上がりました。悪玉コレステロールが減少するわけではなかったのが残念でしたが。

その豆腐屋さんは、遠方から買い求めに来るお客様には凍らせました「うの花（おから）」をサービスしてくれることもあります。「うの花」の料理のレシピも置いてあります。きゅうりなどの千切りと一緒にマヨネーズであえるだけでもおいしいよ、と、お気軽で簡単なうえにおいしいのですからいうことありません。

ちなみに、その豆腐屋さんは湯葉が何種類かありますが、わさび醤油で食べます「くみあげ湯葉」は絶品だと思っています。食堂では「生ゆば丼」の湯葉にあたります。やっぱりこちらも濃厚で、例えるなら豆腐版「うに丼」のようです。一度ぜひ、食べていただきたい一品であります。

# 一茶の俳句

雀の子そこのけそこのけお馬が通る

雀の子たちよ、馬が通るよ。あぶないからどきなさい。

やせ蛙まけるな一茶これにあり

けんかしている蛙よ。やせている方の蛙、負けるでないぞ、私がここで応援しているよ。

幼稚園の頃だっただろうか。家の柱にかけていた短冊に切った厚紙に、母親が書いた、一茶の俳句がいくつもあった。毎日見るので自然に暗記できた。当時はたくさん覚えていたように思うが、すぐ思い浮かぶのは少なくなってしまった。でも聞けば何となく、あぁわかると思う。

雀にしろ蛙にしても、弱者といわれる方に心を寄せる句だと感じる。きっと弱者といわれる立場を経験していないと感じとれない感覚の句だと思う。いつも勝者であったなら、こういう句は書かないと思うし、そういう物事に心を寄せる事も無いような気がする。弱者の立場がわかるゆえに、またその句の中に込める強いおもいも感じる。

直《すぐ》なるも曲るも同じ炭火哉

まっすぐな形の良い炭は高く売ることができ曲った炭は安く売られる。同じ炭なのに。

この句を読んだ時、私も、と思った。私もきゅうりや大根で同じ事を思った。一茶もまた同じような感覚を持っていたのだ。考え方というか、心の立ち位置が同じ高さになることもあったのかと、親近感が湧いた。生きている時代と時間が違っているのに、突然秒針と分針が重なったような不思議な気持ちになった。

# 私が書きたい詩

私の中の詩の原風景とは、いったいなんだろう。思いつかない。いくら考えてもわからないまま締切も過ぎてしまった。

では、詩を書き始めるとき、自分は何をポリシーとしているかを考えることにしてみた。ひとつに、無理をして自分のレベルを超えて、要は背伸びをして書かないことである。詩が空中分解してしまうし、自分がどこへ着地したらよいかわからなくなるからだ。まるで着陸出来ない飛行機のようなものである。タイミングが取れなかったり、場所の選定が出来なかったり、そうこうしているうちに燃料切れで墜落に至ってしまう。要するに自滅するわけである。

二つめは、誰でもわかる言葉で書くことである。書こうとしている詩のなかで、別の表現が出来るならば、熟語はなるべく避けるということ。何より、私自身ひらがなが好きだということが根底にある。

谷川俊太郎の詩に「世代」というのがある。

## 世代

——詩をかいていて僕は感じた

漢字はだまっている
カタカナはだまっていない
カタカナは幼く明るく叫びをあげる
アカサタナハマヤラワ
漢字はだまっている
ひらがなはだまっていない
ひらがなはしとやかに囁きかける
いろはにほへとちりぬるを

——そこで僕は詩作をあきらめ
　大論文を書こうと思う

「字ニ於ケル世代之問題」
「ジニオケルセダイノモンダイ」
「じにおけるせだいのもんだい」

そのなかで〈ひらがなはしとやかに囁きかける〉とある。ひらがなは実に素敵なフォルムだと思う。無駄がないしこの曲線は確かにしとやかであり、日本的。私自身好きな理由を深く考えているわけではなかったが、この詩を読んで共感した。

さらにわかりやすい詩を書こうと思うきっかけになった詩がある。それは、まど・みちおの「くまさん」という詩である。

くまさん

はるが　きて
めが　さめて
くまさん　ぼんやり　かんがえた
さいているのは　たんぽぽだが

ええと　ぼくは　だれだっけ
だれだっけ

はるがきて
めが　さめて
くまさん　ぼんやり　かわに　きた
みずに　うつった　いいかお　みて
そうだ　ぼくは　くまだった
よかったな

この詩に出会ったとき、なぜかほっとした。気持ちがやわらかくなっていった。こんなになんでもない言葉だけの子供でもわかる詩なのに、めまぐるしく変化する（ちょっとおおげさかもしれないが）心理状態を盛り込んでいて、とても奥深い詩だと思った。「自分」を疑ったり、不安に感じたり、なげやりになってしまうときがあるが、そんなとき読むと安心する詩だと思う。簡単にみえるが、これはひとつも簡単じゃないと。なんでもないように書き上げるむずかしさがあると思った。そして、自分もこういう詩を書けるようになりたいと感じた。

三つめとして、どんなイメージの詩にするかと考えたとき、懐かしいとか、のんびりとか、ほっとするとか、そういったものをイメージするときもある。懐かしいというイメージは父母の実家である。土間や縁側、トイレやお風呂は外で、牛を飼っている。湧水も家の裏にあって、夏場はすいかやきゅうり、トマトが浮かんでいる。薄暗い夏でもひんやりした家の中には甕があり、水はそこから汲む。

木下夕爾の「山家《やまが》のひる」という詩がある。

山家のひる

だれもへんじがない
みんな山へいったのかな
えんがわに
あかいつつじのえだが
おいてある
だいどころで

はしらどけいが三つなった
ぼん　ぼん　ぼんとなった
それからゆっくりと
ぜんまいのほぐれる音がきこえた

出来るならこの詩のような詩が書けるようになりたい。実に静かな時間が流れている。静かなその中につつじの赤が映え、えんがわに向けた視線が今度は三つ鳴った柱時計に向けられる。なんという事のない感じがするが読んでいて懐かしい。なんとおだやかであろうと思う。

「堅香子」第十三号

こういったことが、詩を書くときの基になっている。

最近は、詩は文字以外でも表現出来るものではないかと思う。例えば絵。絵で表現も出来ると思う。あるいは、音楽。実際自分が出来るかといえばそれは別問題だが。

今まで、あんまり同じものと思ったこともなかったが、あぁ、だからねと思った。芸術って、何かを表現しようとした結果なのね、と。

# Ⅶ

# エッセイ　佐藤春子

# 高校生との交流

中秋の名月以後急に涼しくなりました。私と地域との関わりについて書いてみたいと思います。

二〇一三年九月一日岩手県立黒沢尻北高等学校の黒陵祭を見学し文学部発行の部誌「轍」を五冊買いました。「轍」は詩、短歌、俳句、俳句甲子園出場句、小説と一三二ページの大冊です。たまに詩や文章を書くだけの私たちにとってはびっくりする内容です。早速、詩の会の事務局や友人、娘にも送りました。すると、友人の三浦茂男・益子夫妻から「轍」全体の感想と、娘からは詩の感想が届きました。

私はもう一冊「轍」を買いに行きましたところもう残部はなくなったとのことでしたが、部員の皆さんが一枚一枚コピーしホッチキスで五箇所も留め製本テープで立派に仕上げて届けてくださったのです。

たったひとりのために部員の皆さんが作ってくださったことに、何てお礼を申してよいのやら、ありがたく嬉しさでいっぱいでした。

この学校に夫が七年間勤めたこともあり、短歌の感想とアドバイスを、私は詩についての感想を、息子は詩の感想と、「作った作品を大切にしてほしい。その作品は独立して歩き出しますが、あなたの分身でもあるのです」と、それぞれ書いて送りました。娘と私の詩集二冊も顧問の大森禎香先生にお届けしました。

冬休みが終わりの頃、文学部の部長伊藤詩歩さん、次年度部長千田一稀さん、など四人からの手紙が届きました。娘の詩集『願いの玉』と私の詩集『ケヤキと並んで』の感想と文学部員の新しく書いたばかりという詩四篇がありました。それにお願いとして、私たち家族と文学部との交流の様子を部誌の「轍」に掲載したい。そして八月三十一日、九月一日（二〇一四年）の黒陵祭に販売したい、とのことでした。

「轍」には「佐藤家からお手紙と詩集を送っていただいた。佐藤家は春子さん、夫の怡當さん、娘の恵理美さん、息子の美知友さんの四人家族だ。詩集の一冊目は春子さんの『ケヤキと並んで』、二冊目は恵理美さんの『願いの玉』だった。私たち文学部にとって「轍」の読者からお手紙をいただいたのは初めてだったので、驚きながらも、じっくりと読み回した。俳句や小説中心に活動してきた私たちだったが、春子さんたちの詩を読んで心を惹かれ、お礼の気持ちを込めてお返しの手紙を書き、四篇の詩を添えて送った。」と報告のように記されていました。私の詩はもちろん、娘の詩についても触れていました。地域の関わりとして若い高校生とこのような交流は珍しいのではないでしょうか。

その上、雪のちらつく学校の帰り文学部員の皆さんが四人で私宅にいらしてくださったのでした。私たち家族三人と、七人テーブルを囲んで若い高放生と詩について、部活動について多くの時間をさいて話しました。帰宅の時間を気にしながらも、私は若い人のパワーをいただくことが出来ました。

このようなことはめったにないことなので、黒北高校文学部の詩、短歌、俳句、俳句甲子園参加作品と私たち家族四人の詩や短歌、息子の百号まで書いた「家族新聞」も自宅の玄関や居間に展示、一般にも公開したところ一二〇名ぐらいの方々が見に来てくださいました。部長の伊藤詩歩さんも忙しい中来てくださいました。これらの文学部員との交流をまとめた冊子も作製し、部員の皆様にさしあげました。

このことは二〇一四年十月三十日「岩手日日新聞」に「黒北高文学部との交流録、冊子『轍を読んで』発行」の見出しで、私の話した「若い高校生とのすてきな思い出を形に残したものでした。」という言葉とともに掲載されました。

「詩界通信」77号（二〇一六年十一月三十日発行）

# 失敗と回り道

菖蒲の咲くころでした。アメリカのエイミーさんが英会話教室の清水さんの家に滞在したときのことです。清水さんは私の家からあまり離れていないこともあってその間誘われ、初日は花巻温泉バラ園、二日目は北上市内見学、昼食は市内のそば屋さんとご一緒した。エイミーさんは三日間の予定でしたので残りは明日一日。ところが、昼食もすんで帰ろうとしたとき、清水さんが「急で悪いけど、明日エイミーさんをどこか案内してくれない？どうしても都合がつかないの」と私にいうのです。

どこへ行くにも誰かと一緒で、しかも突然のことでどうしたらいいか、こまってしまいましたが、平泉ならなんとかなるかもしれないとひきうけました。その日、ドキドキしながら中尊寺、毛越寺へと案内しました。毛越寺では菖蒲が今を盛りと咲いていました。写真も沢山撮りました。若いエイミーさんのポーズはどれも絵になっていました。時間があるので、厳美渓にも行くことにしました。うまくいきました。私はエイミーと呼んでいました。エイミーはとても喜んで「もしも結婚して子どもが生まれたら、今日見た場所を見せてあげたい」と言いました。カッコウ団子も二人で食べて、お茶も二人で飲んでいました。好天に恵まれ、エイミーの日本語に助けられ、一関駅に着きました。

停車中の列車に何のためらいもなく乗車、あと一時間で私の役目は終わる。エイミーはアメリカの大学では日本文学を学ぶ大学院の学生で、日本人との交流もあることや与謝野晶子の詩を作曲家の吉岡しげ美さんに頼まれて英訳したこと、そのコンサートを聴いたこと。また、アメリカの生活やご家族のことから食べ物のことまで興味深い話を聞いた。夢中になって聞いていると、「田尻ー。田尻ー。」という放送が聞こえてきたのです。「シマッタ！」北上とは逆方向だ。いきなり立ち上がった私に、近くにいた人が「小牛田駅で降りれば急行が止まるから」と教えてくれたのですが、あわてて田尻駅で下車しました。「誤乗」という言葉を始めて知りました。

清水さんのお家ではお別れ会の予定でしたし、エイミーは最終の新幹線で北上を発つことになっていました。しかし、エイミーは「神様が二人に時間を下さったのよ」と私を励ましてくださいました。清水さんにはエイミーが電話をしてくれましたが、どう思っているのか不安でした。北上駅に着いて、清水さんが「もう一晩泊まっていい」と言って下さったとき本当にほっとしました。その夜、吉岡しげ美さんの話から私の持っていた『アメリカで与謝野晶子をうたえば』の本を貸すことにしました。すると、なんとエイミーのことが写真入りで紹介されていたのでした。叱られることを覚悟で言えば、エイミーとその本との出会いは、案内役の私が乗り間違ったためのもので、エイミーにその本を知らせるためだったともいえるのです。

# 日本詩人クラブ秋田大会に参加して

私は二〇一三年五月十一・十二日秋田県大潟村サンルーラル大潟の大会に参加しました。秋田駅に着くと係りの方がプラカードを持ち迎えに来て下さって、バスへと案内され、まず一安心。秋田駅で神戸の永井ますみさんとご一緒。大潟村を走る県道沿いには（十一キロメートルとか）菜の花の黄色と、桜のピンクに迎えられ、車窓から見るその風景に感動し、会場に着くと、まず、受け付けでは大潟村のお米のおみやげをいただきました。

大会第一部、詩の朗読は、日本詩人クラブ賞詩集『押し花』より、佐川亜紀さん。同詩集『陽の仕事』より、岡野絵里子さん。日本詩人クラブ新人賞詩集『水たまりのなかの空』より、池田順子さんの三名でした。

シンポジウムは「詩と向き合う、地方と中央」。パネリストは熊本、東京、秋田の方でした。会場ステージ裏手の方には、日本詩人クラブ秋田大会のプログラムが大きく掲げられていました。

第二部講演と詩の朗読、大阪、和歌山、青森、神奈川、秋田と、朗読される姿にじっと聞き入ってしまいました。中でも開催地秋田の福司満氏の方言詩は地元秋田のあたたかさ、秋田の農漁村の生活が伝わって来るのでした。

第三部の懇親会ではお名前のわからない方からも声をかけていただき、十年ぶりに参加した私はだんだん記憶が戻り、鈴切幸子さん、北岡淳子さんは懐かしく、参加した喜びを感じたのでした。司会を担当された福司満氏の標準語にも聞き入ってしまい、私は思わず名刺をおねだりしてしまったのでした。

二日目の五月十二日、男鹿半島観光には二台のバスでホテルを出発、寒風山、入道崎、八望台、小玉醸造のコース。なまはげ館別棟、茅葺の古民家での実演では、真後ろの外壁あたりから激しく戸板をたたく音に度肝を抜かれました。勇壮な演出であったことがわかりました。

入道崎での昼食は石焼定食、海の見える二階の和室で地元の魚やえび、野菜の入った中に焼け石を入れて一気に沸騰させて煮る料理で、魚や野菜にもしっかりと火が通っていて、どんぶりでいただく浜の料理を味わいました。

観光の参加者は七十七名。地元秋田の皆さんと一緒に観光を楽しむことができました。二日間の行事を企画してくださいました日本詩人クラブ、日本現代詩人会、秋田詩人協会、会員の家族、高校生と三十八名の実行委員会の方々の歓迎に感謝し、有意義な二日間を過ごすことができました。

帰りましてから、秋田大会事務局の佐々木久春氏からＤＶＤが届き、また感激しました。

## 東日本大震災（三月十一日午後二時四十六分）

この日私は家にいた。午後五時から駅前の生涯学習センターで会議が入っており、時間があるので会議に持っていくケーキを作っていた。いきなり強い地震。サンダルを持って外に飛び出した。立っていることも出来ず四つんばいになっていると自転車が倒れ、網戸ははずれる。電線は大きく揺れ、車は家の前で止まった。長かった。夫は歌会、息子は会社から帰って来た。

家の中は棚から物が落ちて散らかっている。夫の部屋は本箱から崩れ落ちて足の踏み場もない。

二階の部屋のクロスや巾木がはがれている。額や柱時計も落ちてガラスが割れた。

電気も止まり、夜には水も出なくなった。

夫はこの日、仙台市宮城野区から来ている渡邊さんのことを気にしていた。夕食後会員の川辺さんから家に来て「暖房のない昔の生活を味わっている。今ガスでご飯を炊いている」との電話をもらった。

駅まで送っていったら、新幹線も不通、ホテルでは泊めないと断られ、泊めることになったとのことだった。私としては川辺さんのご好意がありがたい。早速湯たんぽ代わりに大五郎のペットボトル（二・七リットル）三本に熱めのお湯を入れタオルに包んで、保存食と一緒に届ける。外は雪が降っている。翌朝山の水を汲みに行く。泊めてくれた川辺さんの家にも水を届ける。

その日の夕方電気がついた。その夜煮物を持って息子の車で川辺さんの家に行く。今日も寒い、行く道々まだ電気のついていない集落もあった。

渡邊さんは、テレビを見て自宅の様子も気になり電話も通じないので、明日はタクシーで帰りたいと話す。息子は翌朝仙台まで送ることにする。高速道路が使えないので片道五時間かかったとのこと。幸い家が高台にあり、避難中のお孫さん達もみんな無事と聞いて安堵した。

息子の話によると川辺さんはリュックやボストンバッグ、手提げ袋も用意し、私の届けた大五郎のペットボトル三本に水を入れ、おにぎりやケーキ、煮物や漬物まで冷蔵保存し、リュックやバッグに詰めて持たせてくれたことを聞いて、災害時に向けての心配りに感謝するばかりだった。

渡邊さんは仙台の家、高砂は電気もガスも使えず翌日まで食べることが出来たので助かったと話してくれた。

「東日本大震災　伝えたい・残したい」（二〇一一年四月十日発行）

# Ⅷ　エッセイ　佐藤美知友

# 本と自分

僕がわりと厚い本を読み始めたのは、小学校三年生のころだったと思う。「川」という本や、「雲」という自然の本を読んだように思う。その後宮沢賢治の童話を何冊か読み次第に小説も読むようになった。

ある日のこと本の続きが気になって授業中に読んでいて、先生に本を取り上げられたこともあったし、休み時間も本を読み、家に帰ってからも本を読んだ。まわりの人から、かわり者だとも言われた。それでも本のおもしろさにひかれて読んだ。

中学校に入ったとき、学校の本を全部読んでしまいたいと思った。しかし、初めのころは借り方もわからず、読まないでいた。一年生の中ごろになって、同じ学級の人が借りて読んでいたので、その人から本の借り方を教わった。そして、いつのまにかその人とは友達になっていた。その人は、とてもいい人で本を通じて出来た初めての友達だった。

そんなこともあって、二年生になった時に真先に図書委員に立候補し、図書委員になった。ちゃんと図書室を開けて本を読んだりしながらも、仕事の方はちゃんとやった。そして、図書委員になって、出来るとは思わなかった友達もできた。この時僕は、図書委員になって本当によかったと思った。

図書室を放課後開けておくと、勉強のために来る人もいた。その人は、図書室を閉めるまでよく勉強をしているのだった。この時ほど驚いたことはなかった。

今の今までこのようにして勉強をしている人に出会ったことがなかったからである。それで、他の委員の人に聞くと、開けると図書室に来て、勉強して行く人が何人かいると聞いて、本当にすごいなあーと感心させられた。

本を読むことによって知識も増えるし、そのことが何かで役立つということを、本から教えられた。

また、図書室で本を読んだりと、さまざまに図書室をよいように使う人と友達になったりした。更に、おもしろいことに気がついた。それは一年生が本を多く借りるが、二年生、三年生になるに従って、借りなくなるのに、一番借りていないはずの三年生が、図書室が閉まるまで、ずっといるということが、中学校の時にあったけど、高校に入ったらないだろうと思っていたのに、同じような感じだった。

読書の秋と言われる今こそ、もっと多くの本を読む人が多くなればいいと思っています。

「大樹新聞」１９８９年１月７日（№44）〈北上図書館まつり　随筆コンクール〉

# 村歌舞伎を終えて

去る九月九日に村歌舞伎公演が北上市のさくらホールであった。今年は例年より少し早い公演となった。

この時期は、どの週末も県内各地でイベントがあり、入場者がどのくらいかと、幕が上がるまでドキドキしてしまう。自分自身も、いろいろな県内のイベントに参加したいと毎年楽しみにしている一人である。ゆえに毎年幕が上がるまで、関係者として不安がいっぱいでたまらない。

ここのところ、毎年春は「花魁《おいらん》道中」、秋は村歌舞伎公演がある。あくまで参加はボランティア。何かをやるということは、それなりに費用がかかり、毎年赤字で開催している。自腹を切る人も少なからずいる。

それでも足りず、協賛金のお願いに企業や病院などを歩いて回ったが、どこでも不景気の影が大きく、苦しいのだろう。自分の仕事と関係ないというところがあれば、それならと快く出してくれるところもあるなど、いろいろだ。

あるいは、ひとつに協力するとあちこちから協賛金のお願いがあるのかもしれない。しかし他の市や地域からみると、開催に協力する企業や病院の文化を守る意識の高さに敬意を払い、感心し注目していると聞いた。

春の「花魁道中」を目当てに、毎年観光に来る方もいる。歌舞伎に限らず、文化を次世代に残していくためには、協力してくださる企業や、見に来てくださる人々の声援が欠かせないと思う。

今回初めて、市内各地の小中学生による公演が行われ、約四百人が来場した。参加してくれた小中学生、見に来てくださった人々のおかげで、無事開催できたことに言葉で表せないほどの感謝の気持ちでいっぱいだ。

また来年も、小中学生をはじめ、いろいろな人が関心を持って、たくさん参加してほしい。参加して初めてわかるもの、感じるものがあるかもしれない。

今、国際社会の中で自国の文化をちゃんと話せる日本人は少なく、外国の方々の方が勉強して日本を知っているし、その出身国や地域の文化も誇りにしているという。自国の文化、ひいては地域の文化をちゃんと話せること。これが国際社会で生きていくために大切なことではないだろうか。

外国人は、個人を通してその国を評価していると聞く。自国の誇りや文化を説明できない人を見て、国全体の文化レベルが低いと見られ、仕事の交渉でも相手にされず支障がある、と旅先で出会った外国担当の営業の人から教えられたことがある。

だからこそ、例えば歌舞伎公演が続いていくことが大切だと思う。今回参加した子どもたち、見に来た子どもたち、これから参加する子どもたちが、胸を張って国際社会に出て、自分たちの文化をアピールしやすくなればいいなぁ、と未来に思いをはせている。

「岩手日報」２００６年9月27日〈日報論壇〉

# 安全な米作りを

田植えも終わり、水田はどこもキラキラ光っている。薬を散布する姿も見られる。帽子や手ぬぐい、マスク、保護眼鏡、ゴム手袋で鼻や口から薬が入らないように、肌を出さないようにしてまいているが、風に乗って、けっこう遠くまで薬は広がっていく。

最近、牛の飼い方も変わったという。少し前までは、田のあぜなどの草を刈ったのを干して、乾燥させた物を食べさせていたそうだが、最近は配合飼料だけを食べさせている農家が多いと聞く。母の実家でも以前、牛を飼っており、牛によっても、食べ方や飼料が違うと聞いたことがある。完全に乾燥させた干し草を食べるのと、少し生に近い干し草がいいという二通りあり、他にわらを食べさせたり、飼料を食べさせたのを見ていた記憶がある。

どうして干し草を食べさせなくなったかというと、農薬が原因だという。あの甘い香りがする干し草に農薬がかかっていると、それを食べた牛は下痢をしたり、良くないことがあるということだった。いつからだろうか。農家に人手はいなくなった。田を扱うのは高齢者である。

テレビドラマにもなったマンガで、「夏子の酒」という作品がある。読んで感動してしまった。それは、米を作るのに、農薬を使わないでも作れるということだったからだ。なぜ農薬を使わないかというと、酒の原料になるからだという。他人を思いやるからだ。

今の農家に、後継者はいない。いたとしても、兼業農家である。それでも、無農薬の米を作れるかもしれないと「夏子の酒」を読んだとき思った。農薬の代わりにアイガモをつかうというのである。農家の人に話をしてみると、県内でも「アイガモ水稲同時作」をやっているとのことで、さほどビックリはされなかった。

「アイガモ農法」については、室根村矢越の方がやっているとも報じられた。ただ、岩手は北国だけに、卵からひなを育てる時期と育苗、田植えの忙しい時期が重なってしまう。しかし、東南アジアや九州などではすでに普及し、無農薬省力などが注目されているとのことである。アイガモは虫や雑草を食べてくれるし、アイガモから出たものは肥料になる。そして、水田が終われば、食肉加工用に売却することもできる。

米は人が食べる食品である。薬を使わない、人手のあまりかからない米作りをしていく必要があるのではないだろうか。

昔は、田んぼにタニシやドジョウがいた。田のあぜでは、大豆なども植えていたという。いつの日か、そういうのが見られる時が来てくれることを願う。経済連も、農薬を一切使わずに作った米にだけは、何か助成金を出すなどして広めてほしい。

岩手は農業県であり、「ゆめさんさ」「ひとめぼれ」など全国に売り出し中であるが、おいしい上に安全な米でありたい。アイガモ農法でなくてもいいが、本当に安全で、おいしい米作りをしてほしいと願わずにはいられない。

「岩手日報」1996年6月26日〈日報論壇〉

# 欠陥住宅と業者のモラル

欠陥住宅被害東北ネット岩手例会が、先ごろ盛岡市の県民会館で開催された。弁護士、建築士、業者、被害者、関心のある県民らが会場を埋めた。

マイホームの建築は一生に一度の大事業であり、高価な買い物である。マンションを買うときも同じである。近年、わが家の近くでも新築の家やマンションが見られる。新築やマンションの購入などで個人が満足できることは良いことだと思う。

しかし、完成した家が欠陥住宅であった場合はどうであろうか。欠陥といっても、大きく分けて三つある。建築物の構造によるもの、シックハウス症候群、設計の時点で間違っているもの――がそれだ。

欠陥の多くは、どうしてこんな安価な物を取りつけなかったり、作業しなかったりしたんだろうと思うようなことである。雨漏りで困ったり、修理を要求しても業者はのらりくらりと応じてくれなかったりするのである。これは意図的な犯罪であると言わざるを得ない。

また、建築士の中には、被害者側に立って欠陥個所の発見や原因を指摘し、法廷で証言する献身的な人もいる。が、一方では欠陥原因の事実を明らかにしなかったり、建築基準法に違反することを平気でやっている多くの現実がある。

建築士によっては、個人の住宅は収入が少ない上に労力が多いから、とも言う。しかし、建築士は船でいえば船長に、道路でいえば標識にあたる。大切な消費者の代弁者であるはずだ。昨年の十一月、最高裁が「一級建築士が建築主に工事監理者の変更の届け出をさせるなどの適切な措置を執らずに放置した行為は当該建築主から瑕疵《かし》のある建物を購入した者に対する不法行為になる」と判断したのは当然だろう。

東北のある県では、ホルムアルデヒドを厚生労働省の指針値をかなり超えて検出されるような家を造っていたという。ホルムアルデヒドは、シックハウスの建材に使われた接着剤や壁材から出る。目が痛くなったり、せきが出るなど医者の治療が必要になると深刻だ。ある県では、信頼性が高いとされる業者を信じてマンションを購入したところ、あちこちから雨漏りがしたという。

県内でも困っている人たちが多くいる。これは、国として、県として恥だと思う。例えばオーストラリアでは新築でも賃貸でも、その面での法律がとてもうるさいので欠陥住宅はないそうだ。アメリカでは欠陥住宅売買の禁止や罰則があるそうである。

日本でも法的整備や県の条例が必要なのではないだろうか。業者は消費者が無知だからと言う。これから家を建てる人が安心して建築できるように、この会により多くの人が参加して勉強してほしいと感じた一日だった。

「岩手日報」２００４年2月5日〈日報論壇〉

## 国を守るのは外交の力

自分は現行憲法があったから平和が保たれてきたことを誇りに思います。

二日付の日報論壇で「不備に満ちた現行憲法」として論じられていました。

確かに、中国の軍事力は注視しなければなりません。

が、「現行憲法では、領土・領海を他国にくれてやることだ。もはや時代に合わない」と言い切ることがはたして正しいのでしょうか。

自分は、武力・軍事力に頼って戦争回避しようとする方が本末転倒だと思います。それと、憲法を改正し、解釈を改正しなければ、「領土・領海を守れない」とするのは、誇張しすぎてはいないでしょうか。

と、言いますのは、終戦直後、日本は何で国を守ってきたか、思い出してほしいからです。それは外交と交渉力、発言力ではなかったでしょうか。

今、日本でもっとも世界に誇れるのは「外交によって国を守り抜いてきたこと」ではありませんか。これこそが日本が誇れる武器ではないでしょうか。

憲法を改正し、解釈を改正したところで、本当の「戦争抑止力」になるでしょうか。かえってそのことで戦争になって、大切な人を失うことになってしまったら、それでもそのことが正しいのでしょうか。負の連鎖にならないでしょうか。武力に頼れば、お互いに力による争いにならないでしょうか。

戦争で人命を亡くすことになれば、お互いに深く溝ができて、ますます解決が難しくなるのではないでしょうか。

今、日本が最もしなければならないのは、外交による交渉力、発言力ではありませんか。そのことが正しく行われることが、本当の「戦争抑止力」になると自分は信じています。だから、十分現行憲法で通用することが望ましいと思います。


「岩手日報」２０１４年６月６日〈日報論壇〉

# 四月二十九日の朝桜

四月二十九日に家族みんなで、弁当を持って朝桜を見に展勝地に行きました。やわらかなピンクの花びらが、朝の風にゆられてきれいだ、きれいだとみんなで話しました。

行く途中、お姉ちゃんの大好きな「大木」のところを案内してもらって写真を撮りました。その「大木」が、とても太くて大きいので、「お姉ちゃんが好きになったのも、むりないや。」と思いました。

皆も、その木が好きになって記念写真を撮りました。

つりの人が一人通っただけで、誰も通らなかった。

展勝地は、僕達家族のための花園のようでした。弁当は持って行ったのですが、まほうびんをわすれて、皆でずっこけて、そのかわり、みんなで俳句を作りました。まず、お父さんから、

「朝食を　桜の下で　とる親子」と「朝桜　見るのもよしと　走る人」
で、次は、お姉ちゃんで
「水仙の　花がかなでる　春の音」
「川岸に　うすべに色の　花桜」
「ほおそめた　乙女のような　桜かな」
と言うのと、次は、僕で、始めは、詩で、

なんにもない

まほうびんがない
サイダーもない
お茶飲みたいが
なんにもない

と次は俳句で
「桜花　川にまいおり　鳥がなく」

「花がさき　春のおとずれ　うれしいな」
で、次は川柳で、
「めし食えば　のどがかわくや　お茶ほしい」
「ああカメラが　フィルムもどらぬ　こまったな」
「まほうびん　ああまほうびん　まほうびん」
で、次はお母さんで、
「朝一番　桜に見とれて　踏むペダル」
で次は詩で、

大木に　　　　佐藤恵理美

大河の岸の大木よ
大空に向って枝を伸ばした大木よ
樹齢のほどは不明だが
百年は越えたであろう大木よ

あなたは
橋を渡る人を見た
夜空に開く一瞬の花
その短い命も見た

あなたの
そのどっしりとした心に
私は思いを寄せて
今日も行きたい

でした。

「家族新聞」１９８５年5月8日（№27）

佐藤美知友・伊藤恵理美・佐藤怡當・佐藤春子・著
詩文集『大河の岸の大木』解説にかえて

# 編集者の手紙

佐相　憲一（編集者・詩人）

まずは、帯文を見てください。

〈話題の家族詩集『お星さまが暑いから』から37年
伝説の詩人一家は4名それぞれの詩の心を育んで
岩手北上・盛岡発、生きることの大河の岸の大木へ
放たれた珠玉の詩とエッセイ・評論
活躍中の個性の輝きはもはや家族本を超えている〉

そして、帯の裏側は美知友さんの詩の引用、御本のタイトルは恵理美さんの詩からとったものです。表紙カバーには緑、大木、鳥、人の影。大らかで伸びやかな装丁です。

北上にお住まいの美知友さん、怡當さん、春子さん、盛岡にお住まいの恵理美さん、今日もお元気でいらっしゃるでしょうか。太古からの命のこだまが聴こえる岩手の自然風景が、また新しい季節の情景を見せてくれていることでしょう。それぞれがさまざまな場で活躍されているので、さぞお忙しいことと拝察いたします。手術された春子さんのお体が心配ですが、お電話のお声はとても朗らかなので、ほっといたしました。

皆様の詩の心が深く刻まれた、素晴らしい詩文集が出来上がってきました。

思い起こせば、昨秋は、北上の雄大な自然風景を眺めながら、親しみ深い美知友さんの運転で佐藤家にご案内くださいました。詩の世界でお世話になっている春子さん、初めてお会いしてその深い人徳に感銘を覚えた怡當さんにお会いできて、何よりでした。御結婚され伊藤さんとして盛岡で暮らされている恵理美さんのとても豊かな詩世界も拝読できて、ご家族の歩みもお聞きしたことで、四名様それぞれが積み重ねてこられた文筆の背景をありがたく受けとめました。

その後、詩とエッセイなどの膨大な数の収録候補作品をじっくりと読ませていただき、四名様の心のありようにすっかり魅せられました。総じて非常に親しみ深い中味ですが、うれしかったのは、力をあわせて寄りそって生きてこられたご家族でありつつ、お書きになったものが、それぞれ全く別の個性として光っていたことでした。

一つ屋根の下で、よくもここまで個性を伸ばしてこられたなというのが実感です。仲が良いということと、同時に個別の精神で創作をされるということ。この両立に、佐藤ファミリーの素晴らしい本質があるように感じます。それぞれが光る、多彩でしっかりした一冊になりました。

一九八一年刊行の大切な家族詩集『お星さまが暑いから』（私家版）から、実に三七年ぶりとなりますね。まだ八歳だった美知友さんは「ザリガニ」という詩一篇のみで、お父さん、お母さんをはっとさせた五歳の頃の詩的名言「お星さまが暑いと言ってるからうちわであおいであげましょう」が詩集タイトルとなって刻まれていましたが、今回の御本では立派に詩人・論客として作品世界をひろげて見せてくれています。そして、恵理美さん、怡當さん、春子さんもまた、この三七年の間に、すぐれた書き手としていっそう深い詩作と思考を積まれてきたのでした。

今回の詩文集を八章仕立てのこの順番で読み進めるならば、四名様いずれのお作品も味わい深いものがあります。ツワモノぞろいだなあ、と話題になるでしょう。読み物として切実で変化に富む、価値ある詩文集です。「四月二十九日の朝桜」の展勝地の大木の下での家族の吟詠ひとコマ回想で本文が終わるのですから、ご家族にとっても大切な記録となるでしょう。ここで、美知友少年が頑張って発行されていた「家族新聞」が切り札になり、その末尾には、後によく知られた詩人さんになる恵理美さんのはたちの頃の詩が引用され、文芸世界へのきっかけを家族に提供した怡當さんが、春子さんと共に育んできた家族の歴史が、さりげなく詩的な余韻をのこします。

詩の章は、美知友さんの多感な心を刻んだ新鮮な詩群一六篇から出発し、恵理美さんの繊細で柔らかい詩の心二〇篇が響き、怡當さんの骨のある思想性と親族の来歴をめぐる切実な抒情二〇篇、春子さんのほんのりと優しく説得力ある生活感の詩二二篇へとつながります。

エッセイ・評論の章は、すぐれた論客・エッセイストで、宮沢賢治研究家でもある怡當さんの特集一一篇から始まり、恵理美さんのさわやかな高感度エッセイ六篇、そして単独エッセイ集も刊行されている春子さん四篇、フィナーレはかつて小さな大編集者だった美知友さんの平和の心など貴重な六篇、となっています。

御本の最後には、今回の計画の柱として家族会議を開かれた春子さんの心のこもったあとがきですね。

恵理美さんは日本詩人クラブにも入られて、ますますご健筆です。故・藤富保男さんの編集で、味わい深い御詩集も出されています。

春子さんは詩集、随筆集を刊行され、岩手の詩の世界でその存在を知らない方は少ないベテランですし、怡當さんにいたっては、今回の御本では詩とエッセイの深さを示されていますが、歌人としてはさらに著名で、新聞連載や歌会主宰などもされています。

こうした御ファミリーの心の結び目として幼いころから活躍してきた美知友さんですか

ら、今回の詩文集では、彼こそ中心になってもらいたいと皆さん願ってきたことでしょう。そして、実際、この御本の構成は、美知友さんのお書きになってきたものが、ほかの三名様の個性豊かな作品世界を包み込むかたちとなりました。感慨深いものがわたしにも響いてきます。作品収録のトップバッター兼トリを務めていただきますこと、うれしく存じます。

ここに個々の作品評は述べませんが、きっと一篇一篇の詩とエッセイが、読者の心に響いていくでしょう。同時に、四名の著者による一冊というこの全体から受ける家族のありようにも特長がさまざまに感じとられることでしょう。

一冊の詩文集として読まれると共に、冷たい風潮のいまの世の中で、家族の歩みが人の心に伝えるもの、支え合うことが人の個性の開花とどう結びつくのか、といったことを刻印した意義も大きいでしょう。

全体を読んで、ご家族の象徴のようなものに、北上の展勝地近くの北上川の岸に立つ大きな樹があります。ラストに収録された「家族新聞」を読むと、一九八五年、皆さんがそれぞれ、一二歳、一一歳、四八歳、四七歳になる年の「四月二十九日の朝桜」の下で、ご家族が微笑んでいる様子が眼に浮かびます。その中に、恵理美さんの「大木に」という詩が美知友さんによって全文引用されていますが、そこで恵理美さんは、〈大河の岸の大木よ／大空に向って枝を伸ばした大木よ〉と呼びかけて、長年いろいろな存在を見てきたその樹を思いながら、こう結んでいます。

〈あなたの
そのどっしりとした心に
私は思いを寄せて
今日も行きたい〉

それは家族の象徴でもあり、それぞれが花咲き舞い、支え合う樹、そして滔々と潤って流れていく大河は、この世の心のつながりという普遍的な次元にも及ぶ、深い志の詩想と言えるでしょう。この恵理美さんの言葉は、今回の詩文集のタイトルにもふさわしいものです。美知友さんの詩「桜」から始まって、怡當さん、春子さんの深い作品群には四季折々の植物や生きものが出てきます。そして、この恵理美さんの引用詩の大木で終わりながら、さらに今後も続いていく四者それぞれの人生と、わたしたち読者それぞれの存在世界の循環を思わせます。なんと自然で、なんと切実な、詩の心の交錯でしょう。

三七年前の家族詩集への序文で、わたしも尊敬する北上の詩人・斎藤彰吾さんはこう結んでいます。

〈一九八一年七月、さわやかで清らかな詩の心が、佐藤家に咲いている。それは遠くからも近くからも、花よりも美しく咲いている。わたしは、そのことを最大の歓びとし、十年後、二十年後の家族詩集はどんな模様になるのかな、と関心と期待をもつ。〉

三七年経ったいま、岩手でよく知られる文芸一家となった彼らそれぞれの才能がいっそう咲き誇って共演する、この詩文集『大河の岸の大木』を手にされて、いまなおご健在の斎藤彰吾さんもまた、深い感慨を覚えるに違いありません。

そして、ここに、ご縁あって、わたしも詩の心の大河の岸で、すてきな四名様と共に、この大木の春を味わうことができること、大変光栄に存じます。

広大な読者の皆様おひとりおひとりの胸にもまた、この詩文集がほんのりと、生きることの花の香りをもたらしてくれることを願っています。

# あとがき

　家族詩集『お星さまが暑いから』を出版してからもう三七年もたつことに驚いています。長男の美知友が生徒のころ家族新聞を発行し、一〇〇号に達した時は出版を勧められ何人かの方々から序文までいただいたのでしたが、親の怠慢から発行しないでしまいました。今回、再び家族の書き溜めたものをまとめようと思いましたのは、私の体調不良によるものでした。夫は発表したものを大切にする性格ではありませんし、これ以上紛失しては残念だと思いました。娘も息子も同様です。

　このような時に詩人で編集者の佐相憲一様からお勧めをいただきましたので、異論のありようもありませんでした。早速ご好意に甘えさせていただくことにいたしました。

　私は体調が幾分いい時に原稿を探して集めましたが、夫のものなど見落としが沢山あると思います。しかしこの辺でひとまず区切りをつけたいと思い佐相様にそのままお送りしました。そして、私は脊柱管狭窄症などの病状が悪化し、手術のため入院してしまいました。

佐相憲一様は取り留めもない私どもの原稿を一つひとつお読みくださって編集してくださいました。そしてタイトルまで考え、相談してくださったのです。その上、今までに類を見ない形式での「解説にかえて」までいただきました。ほんとうにお礼のことばもみつかりません。ありがとうございます。

このように出版することができまして感慨無量でございます。私どもの独りよがりではなく皆様のおこころに響くところがひとつでもあるとすれば望外のよろこびと言わねばなりません。

平成三〇年　春

佐藤　春子

佐藤　美知友（さとう　みちとも）

一九七三年岩手県花巻市生まれ

所　属　北上詩の会

花巻市武術太極拳連盟（会長）

黒沢尻歌舞伎保存会

北上本牧亭（講談研修生）

その他　A級武術太極拳指導員・審判員

岩手国体武術太極拳審判員

北上市民芸術祭賞（一九九〇年）

ベン・ベ・ロコ賞（一九八六年）

北上市民芸術祭入選（一九九一年）

岩手県高校文化連盟優良賞（一九九一年）

現住所　〒〇二四 - 〇〇二四

岩手県北上市中野町三 - 一五 - 九

伊藤　恵理美（いとう　えりみ）
一九六四年岩手県宮古市生まれ
所　属　「野火の会」「堅香子の会」を経て「土曜の会」
岩手県詩人クラブ
日本詩人クラブ
詩　集　『夜の空に残った雲』『夕やけはたき火だ』
『風と雲と星』『白いはと』（私家版）
『願いの玉』（あざみ書房）
その他　岩手県芸術祭奨励賞（第63回、第65回）
岩手県芸術祭賞（第70回）
宮静枝新人賞（二〇一一年）
現住所　〒〇二〇 - 〇八七一
岩手県盛岡市中ノ橋通二 - 一〇 - 一 - 六〇三

## 佐藤　怡當（さとう　いあつ）

一九三七年岩手県一関市生まれ
一九六〇年國學院大学文学部卒業　岩手県内高校教員

所　属　岩手県歌人クラブ（副会長）
　　　　短歌「手」の会（代表）
　　　　北上短歌協会（顧問）
　　　　北上詩の会（二〇一七年退会）

歌　集　『「あ」の声』（砂子屋書房）
　　　　他合同歌集

その他　平泉毛越寺曲水の宴（二〇〇九年）歌人
　　　　第七十回岩手芸術祭感謝状受章（短歌部門）

現住所　〒〇二四‐〇〇二四
　　　　岩手県北上市中野町三‐一五‐九

## 佐藤　春子（さとう　はるこ）

一九三八年岩手県北上市生まれ

所　属　日本詩人クラブ
　　　　岩手県詩人クラブ
　　　　北上詩の会
　　　　元「野火の会」、元「泉」

詩　集　『お星さまが暑いから』（私家版）
　　　　『祭り』（私家版）
　　　　『ケヤキと並んで』（あざみ書房）

随想集　『目から芽が出た』（あざみ書房）

川　柳　『母子草』（私家版）

現住所　〒〇二四-〇〇二四
　　　　岩手県北上市中野町三-一五-九

石炭袋


詩文集『大河の岸の大木』

2018年4月18日　初版発行
著　者　佐藤美知友・伊藤恵理美・佐藤怡當・佐藤春子
編　集　佐相憲一
発行者　鈴木比佐雄
発行所　株式会社 コールサック社
〒173-0004　東京都板橋区板橋2-63-4-209
電話 03-5944-3258　FAX 03-5944-3238
suzuki@coal-sack.com　http://www.coal-sack.com

郵便振替　00180-4-741802
印刷管理　（株）コールサック社　製作部

＊装丁　奥川はるみ

落丁本・乱丁本はお取り替えいたします。
ISBN978-4-86435-336-6　C1092　￥1500E